AU BEAU FIXE

MISTER JUILLET

J. KENNER

AUTEURE DE BEST-SELLERS CLASSÉS AU NEW YORK TIMES

Apprivoise-moi

Tente-moi

Te désirer

T'enflammer

T'envoûter

Qui sera votre Homme du mois ?

Lorsqu'un groupe d'amis à la détermination farouche apprend que son bar préféré risque de fermer ses portes, ils prennent les choses en mains pour faire revenir les clients séduits par la concurrence. Investis d'une énergie vibrante, ils ripostent sous la forme d'épaules larges, de tablettes de chocolat et de torses nus : ceux d'une douzaine d'hommes du coin qu'ils tentent de convaincre, par la douceur et par la force, de participer au concours de l'Homme du mois pour leur grand calendrier.

Mais le sort de leur bar n'est pas le seul enjeu. Au fur et à mesure que la température monte, chacun des hommes va rencontrer sa moitié dans cette série de douze romances sexy et légères que vous ne pourrez pas lâcher jusqu'à la dernière page, sous la plume de J. Kenner, auteure de best-sellers classés par le New York Times.

— Chacun de ces tomes aborde une intrigue qu'on adore retrouver dans les romances – la belle et la bête, le bad boy milliardaire, l'amitié transformée en amour, l'histoire de la seconde chance,

le bébé secret et bien plus encore – pour une série qui touche au cœur et à l'âme de la romance. — Carly Phillips, auteure de best-sellers classés par le New York Times

Ne manquez aucun tome de la série pour savoir à quel homme du mois ira votre préférence !

Droit au cœur - Mister Janvier

Vague à l'âme - Mister Février

Raison d'être - Mister Mars

Coup de sang - Mister Avril

État d'âme - Mister Mai

Droit au but - Mister Juin

Au beau fixe - Mister Juillet

Diable au corps - Mister Août

Cri du cœur - Mister Septembre

Corps à corps - Mister Octobre

État d'esprit - Mister Novembre

Force d'âme... - Mister Décembre

Chaque tome de la série est un roman indépendant qui ne laisse pas le lecteur sur sa faim et se termine toujours bien !

AU BEAU FIXE

MISTER JUILLET

J. KENNER

AUTEURE DE BEST-SELLERS CLASSÉS AU NEW YORK TIMES

Traduit de l'anglais par Liliane-Fleur C. pour Valentin Translation

UN

— Honnêtement, Amanda, je suis à mille cinq cents kilomètres, déclara Jenna Montgomery, sa voix aussi claire que si elle était assise sur le tabouret de bar à côté d'elle, au *Fix* sur la 6ᵉ Rue. Comment veux-tu que j'évalue la situation à Austin depuis Los Angeles si tu ne me donnes pas plus de détails ?

Amanda Franklin se mordit la lèvre inférieure, se retenant de rire dans son smartphone. *Évaluer la situation ?* À entendre Jenna, on pourrait penser qu'elles se livraient à de l'espionnage.

Cela dit, c'était peut-être le cas. Elle avait vu suffisamment de films pour savoir que l'espionnage était une danse dangereuse où toute mauvaise interprétation des signaux pouvait vous tuer.

Un peu comme les relations amoureuses.

— Il est mignon ? s'enquit Jenna.

— Est-ce que je t'aurais appelée s'il ne l'était pas ?

— Bien vu. Que fait-il en ce moment ?

— Tiffany le sert à table. Il vient de commander quelque chose. Je pense... Oh ! Il porte des lunettes de lecture.

— C'est mauvais signe ?

Amanda émit un faible grognement.

— Non, et surtout pas avec ce type.

Il tenait le menu quand il avait attiré son attention pour la première fois et elle avait supposé qu'il portait des lunettes constamment. Mais ensuite, il avait mis le menu de côté et enlevé ses lunettes pour les ranger dans un étui.

En même temps, il s'était tourné sur sa chaise. Pour la deuxième fois ce soir-là, leurs regards s'étaient rencontrés et elle avait été subjuguée par une paire d'yeux gris clair reflétant une chaleur que démentait leur couleur froide comme la pierre.

— C'est la deuxième fois, déclara Amanda en prenant sa Margarita Jalapeño pour la reposer aussitôt en réalisant qu'elle avait déjà vidé son verre. Ce mec. Il est...

— Quoi ? insista Jenna tandis qu'Amanda s'interrompait, incapable de trouver le bon mot.

— Intense, je dirais. Enfin, tu vois, ses yeux suffiraient à faire craquer n'importe qui.

— Et tu ne penses pas que c'est ton imagination ? Qu'il te regarde, je veux dire. Tu m'as dit qu'il était assis avec quelqu'un. Il ne peut pas être avec une fille en tête-à-tête et te reluquer en même temps, si ? Parce que ça ferait de lui un connard, et dans ce cas, il vaut mieux éviter.

— Je ne pense pas. Il est assis avec un magnifique black qui sirote un whisky. Mais je n'ai pas l'impression que l'un d'eux soit gay. Au contraire, mon entrejambe m'envoie le signal opposé.

— Concernant Monsieur Lunettes ?

— Les deux, mais Lunettes est le seul qui connaisse mon existence. Monsieur Whisky ne m'a pas regardée une seule fois. Lunettes m'a déjà lancé quelques coups d'œil. C'est un peu...

Elle s'interrompit avec un haussement d'épaules, même si Jenna ne pouvait pas la voir.

— Quoi ?

— C'est chaud bouillant, admit Amanda.

Elle ne pouvait pas l'expliquer, mais il y avait

vraiment quelque chose dans son regard qui la titillait pile là où il fallait. C'était forcément à cause de lui. Parce que Dieu sait qu'il n'était pas le premier à lui lancer un regard de braise dans ce bar.

— Tu devrais y aller, estima Jenna. Oh, quel dommage. *Merde*. J'aurais aimé être là. Jouer les meilleures copines à distance, c'est nul.

— Oui, reconnut Amanda. Qu'est-ce que tu allais dire ?

— Je ne m'en souviens pas.

Amanda fronça le nez.

— Je sens ton mensonge à des kilomètres.

Elle fit pivoter le tabouret pour se tourner face au bar, puis elle fit signe à Reece de lui en apporter un autre – c'était l'un des gérants et il officiait ce soir.

— Dis-moi, insista Amanda au téléphone, reportant une fois de plus son attention vers Lunettes.

— Je ne sais pas, fit Jenna. Sortir avec des mecs pour se remettre d'une rupture, ça peut être cathartique, tout ça, mais tu as eu tendance à...

— À m'envoyer tout ce qui bouge ?

— Je n'ai pas dit ça ! s'exclama Jenna en

même temps que Reece glissait une nouvelle margarita devant Amanda.

— Qui s'envoie en l'air ? demanda-t-il.

— Jenna, railla Amanda, surprise par la rapidité et l'intensité avec laquelle son expression s'assombrit.

— Que se passe-t-il ? bafouilla sa copine à l'autre bout de la ligne. À qui parles-tu ?

— À ton meilleur ami, au-dessus de moi dans ton classement. Bon, je ne vais pas tarder, alors je vous laisse bavarder pendant que je vide mon verre.

Elles se dirent au revoir, puis Amanda passa le téléphone à Reece.

Reece sourit à ce que lui disait Jenna pendant qu'Amanda lui faisait signe de lui apporter l'addition. Puisque ces deux-là pouvaient discuter sans fin, autant prendre les devants et régler sa note tout de suite. Elle but une gorgée lentement, lançant un nouveau coup d'œil vers Lunettes.

Se remettre d'une rupture.

S'envoyer tout ce qui bouge.

Les mots tourbillonnaient dans sa tête comme des fantômes de bande dessinée avec de longues traînes vaporeuses.

Je n'ai pas dit ça, avait rétorqué Jenna. Mais peut-être qu'elle aurait dû. C'était peut-être vrai.

Avec un soupir, Amanda prit une autre gorgée. Elle aimait la saveur brûlante, tellement plus agréable sur sa langue que l'arrière-goût de ses erreurs.

La vérité, c'était que Léo l'avait quasiment détruite. Oui, cela faisait plus de neuf mois qu'elle n'avait même pas parlé à ce connard, mais ça ne changeait pas à quel point sa trahison l'avait blessée. Ses amis savaient seulement que ça avait été une rupture difficile. Même Jenna ne savait pas qu'Amanda et Léo avaient prévu de se marier sur un coup de tête.

Mais ensuite, il avait lâché la bombe, et elle s'était retrouvée devant un homme qu'elle ne connaissait même pas. Un homme qui lui disait des mots comme « erreur », « se laisser emporter » ou encore « précipitation ».

En fin de compte, tout ce qu'ils avaient partagé n'était qu'une grande illusion. Ce n'était pas vraiment de l'amour. Il ne l'avait jamais aimée.

Boum. On lâche le micro et on rameute les violons.

Et pour ajouter l'insulte à la blessure, sa

carrière immobilière avait été freinée parce que son ancien patron avait craint qu'elle ne se case et perde tout son mordant. Au lieu de soutenir sa candidature de courtier et de lui transmettre son portefeuille de clients à son départ en retraite, il avait tout confié à un agent célibataire aux dents longues. Bien sûr, il ne l'avait pas avoué à voix haute, mais Amanda n'était pas une idiote.

Enfin, peut-être. Après tout, elle était tombée amoureuse de Léo, n'est-ce pas ?

Voilà pourquoi elle se contentait maintenant de regarder sans toucher.

Bon, pas tout à fait. Elle touchait plutôt deux fois qu'une. Mais elle achetait rarement la marchandise.

En tant qu'agent immobilier concentrée sur les propriétés haut de gamme, Amanda avait un réseau étendu et elle sortait souvent. Dîners, réunions d'affaires, cocktails décontractés, et autres réjouissances. Avec les hommes, ces types de réunions conduisaient souvent à de généreuses commissions, et elle était parfaitement à l'aise avec ça. C'était bon pour son entreprise et bon pour son ego.

Quant à s'envoyer en l'air... eh bien, la plupart de ses amis pensaient qu'elle était volage juste parce qu'elle avait un sens de l'humour inci-sif. Elle ne prenait pas la peine de les corriger. À quoi bon ? Même Jenna ne se doutait pas qu'Amanda ne baisait *jamais*.

En vérité, quand elle acceptait un homme dans son lit, ce n'était que lorsqu'elle était absolument certaine que cela ne déboucherait sur aucune relation.

Elle était encore trop engourdie par les blessures à peine guéries de sa relation précédente. Elle ne remonterait pas de sitôt sur l'échafaud.

D'ailleurs, pourquoi sacrifierait-elle son meilleur outil commercial – son statut de femme célibataire – si précocement dans sa carrière ? Bon sang, Léo lui avait rendu service. Avant leur séparation, elle avait du mal à joindre les deux bouts. Maintenant, son compte bancaire était rempli à bloc.

Oui, sa vie était enfin revenue sur la bonne voie. Tout allait bien. Aucun ajustement nécessaire.

Ce qui signifiait qu'elle devait rester loin de Lunettes. Parce qu'elle sentait déjà qu'il y avait quelque chose de convaincant chez lui. Quelque chose dont il serait difficile de s'éloigner. Et en ce moment, Amanda n'en était pas à un point de sa vie où elle souhaitait s'installer dans la durée.

Se rincer l'œil, en revanche, c'était parfaitement acceptable. Tout en sirotant le fond de sa Margarita Jalapeño, elle regarda Lunettes et Whisky se lever, se serrer la main, puis se diriger vers la sortie. *Rien que des amis,* constata-t-elle. Sans doute une relation d'affaires qui s'était transformée en véritable amitié. Enfin, ils n'étaient pas du genre à jouer au golf ensemble...

Elle fronça les sourcils, songeuse. *Du vélo,* décida-t-elle en reluquant leurs corps sveltes et fuselés. Ils se retrouvaient pour faire du vélo. Elle parierait sa réputation là-dessus.

Sa capacité à lire les gens était son arme secrète dans le monde de l'immobilier, et elle ne se trompait presque jamais. Léo, bien sûr, avait été l'exception à la règle. Elle l'avait rencontré lorsqu'elle lui avait vendu une maison à West Lake. Et elle était passée complètement à côté de sa véritable personnalité.

Elle pivota vers le bar avec l'intention de récupérer son téléphone et de payer sa note, mais si son téléphone était là, il manquait toujours l'addition.

Une fois de plus, elle attira l'attention de Reece en lui faisant un signe.

— Déjà payé, répondit-il.

Comme il était plus loin derrière le bar, elle était sûre d'avoir mal compris.

— Désolée, tu répètes ?

Il se rapprocha d'elle, puis hocha la tête en direction de la table où Tiffany récupérait son pourboire et les verres laissés par Lunettes et son ami.

Elle faillit éclater de rire. Au moins, elle savait qu'elle n'avait pas tout imaginé. Une belle opportunité ratée.

Il était maintenant dix-huit heures et elle envisageait de rester pour grignoter les amuse-gueule incroyables de Tyree en guise de dîner, mais elle se sentait étrangement à bout de souffle. Elle avait envie de bouger, de marcher. Elle glissa donc son téléphone dans son sac, salua Reece et se dirigea vers la porte.

Au moment où elle tournait vers l'ouest sur le trottoir, elle l'aperçut. *Lunettes*. Il se tenait juste à côté du *Fix*, s'assurant que personne à l'intérieur du bar ne pouvait le voir. Même s'il tenait son téléphone dans sa main, comme s'il consultait ses messages, toute son attention était désormais concentrée sur elle.

— Encore quinze minutes et j'allais retourner à l'intérieur.

Il parlait avec un accent du Texas si traînant et mélodieux que c'était presque une caresse. Cela plaisait beaucoup à Amanda.

Avec un effort, elle garda un air détaché.

— Vous m'attendiez ?

— Ça dépend si vous trouvez la réponse effrayante ou attachante, répondit-il.

Elle éclata de rire.

— La troisième option, dit-elle. Intriguante.

— Ça me va.

Il fit un pas vers elle. Son jean moulait ses cuisses fermes à chaque mouvement. Il portait une chemise blanche et elle devinait le contour d'un t-shirt uni en dessous. Style décontracté, typique du Texas. Ses cheveux étaient bien coupés et sa barbe de quelques jours mettait en évidence une mâchoire forte.

Cet homme était clairement un beau spécimen. Mais c'étaient ses yeux qui attiraient vraiment l'attention d'Amanda. Un gris clair presque argenté quand la lumière s'y reflétait, à présent rivés sur elle avec une intensité presque palpable.

— Pourquoi ?

Il haussa les sourcils.

— Pourquoi est-ce que ça me va ?

Elle sourit.

— Pourquoi m'attendiez-vous ?

Le coin de sa bouche se recourba et elle devina la réponse dans ses yeux. Une bouffée de chaleur. Une étincelle de désir. Il y avait un monde de séduction dans ce regard et elle en sentit le pouvoir jusqu'au fond d'elle-même, chaleureux et séduisant.

— Puis-je vous offrir un verre ?

Elle ne savait pas trop ce qu'elle attendait de lui, mais à en juger par l'air qui crépitait autour d'eux, un verre ne serait pas suffisant.

Amusée, elle regarda par-dessus son épaule en direction du *Fix*.

— Je pense que vous venez de le faire.

— C'est vrai. De rien.

En riant, elle hocha la tête.

— Oui, je vous remercie.

— Il n'y a pas de quoi, et je peux offrir d'autres options. Un whisky, par exemple. Ou une glace chez Amy's.

— Tentant, admit-elle, amusée par ce contraste.

Ses yeux croisèrent les siens.

— Ou alors, on pourrait simplement discuter, ajouta-t-il. Comme vous voudrez. Qu'en dites-vous ?

Elle inspira, excitée par ces mots innocents et l'intonation beaucoup moins innocente qu'il y mettait. Elle frotta ses paumes moites sur sa jupe.

— Pourquoi ?

Ses lèvres frémirent.

— Si vous ne savez pas, la réponse est sans doute non. Dommage pour moi.

Elle envisagea de mentir. Après tout, ce gars était trop attirant, ça sautait aux yeux. Il serait facile de profiter de sa compagnie, de s'empêtrer dans quelque chose de trop complexe dont elle n'avait ni envie ni besoin pour le moment.

Mais alors il sourit, et elle se surprit à lui sourire en retour.

— Oui. Un verre, ça me dit bien.

Il désigna la porte.

— Après vous...

Elle avait beau aimer les cocktails du *Fix*, elle connaissait tout le monde là-bas. Dès l'instant où Lunettes et elle se sépareraient plus tard dans la soirée, Reece aurait sans doute appelé Jenna, et

Amanda aurait reçu une demi-douzaine de textos ou de messages vocaux.

— Vous avez une autre suggestion ?

— Oui. Que diriez-vous de l'hôtel Winston ?

— Parfait.

Winston était une chaîne d'établissements haut de gamme, dont l'hôtel d'Austin n'était qu'à quelques pas du *Fix*, avec un bar luxueux.

— Je m'appelle Amanda, au fait, dit-elle en tendant la main.

Il la lui serra et une spirale d'envie à l'état brut remonta le long de son bras. *Oh, oui. Il y avait clairement une alchimie.*

— Derek, fit-il.

D'après le ton de sa voix, elle n'aurait pas su dire s'il était tout aussi affecté qu'elle par leur connexion. Mais il garda sa main un peu plus longtemps que ne l'exigeait la politesse, et quand il s'écarta enfin, Amanda dut réprimer une vague de déception tangible.

— Vous êtes du coin ? demanda-t-elle alors qu'ils descendaient Brazos vers le fleuve.

Il secoua la tête.

— Non, mais j'aime beaucoup Austin. Je viens souvent pour affaires. C'est pour ça que je suis ici en ce moment.

Il fit une pause assez longue pour attirer son attention.

— Je repars pour Dallas demain matin.

— Oh.

La plupart des femmes ne voyaient pas d'un très bon œil que l'homme avec qui elles avaient rendez-vous pour la soirée soit éloigné géographiquement. Mais Amanda n'était pas comme la plupart des femmes. Et Monsieur Derek Lunettes venait de gagner un ou deux points.

Elle lui sourit.

— Alors, c'est une chance que nous nous soyons rencontrés.

— Oui, dit-il avec une chaleur indéniable dans les yeux, capable de faire fondre n'importe quelle femme. Une chance, en effet.

DEUX

— Alors, tu es une sorte de star de cinéma ?

Amanda avait posé la question comme une blague, mais elle l'aurait cru si la réponse était oui. Ils étaient assis à une table isolée dans le petit bar depuis seulement quinze minutes, et à en juger par la réaction du personnel et de quelques clients, il semblait être la principale attraction. Ajoutez à cela ses yeux gris séducteurs et ses gestes sensuels, et Amanda était persuadée que sa supposition n'était pas si infondée.

Le coin de sa bouche frémit avec amusement.

— Je suis flatté, déclara-t-il. Mais qu'est-ce qui te fait dire ça ?

— Eh bien, tu es magnifique, déjà.

— Content que tu le penses. Je me suis dit la

même chose à ton sujet pendant toute la soirée. Quelle beauté, avec cette jupe parfaitement ajustée. Et je suis sûr que tu serais tout aussi belle sans.

Ce fut au tour d'Amanda de s'égayer.

— Pas mal, dit-elle avant de glisser le pied hors de sa chaussure pour effleurer sa cheville du bout de ses orteils. Mais si tu penses qu'un compliment comme ça va me mettre dans ton lit, tu dois faire plus d'efforts.

Il venait de porter son verre de whisky à ses lèvres. Heureusement qu'il n'avait pas bu, parce qu'un rire grave et guttural lui vint sans prévenir. C'était un son délicieusement sexy.

— Noté, dit-il. Je dois retravailler mes répliques.

— Bonne idée.

Elle prit une gorgée de vin pour dissimuler son sourire. Elle ne savait pas trop ce qui se passait entre elle et ce gars, mais elle appréciait sa compagnie et son sens de l'humour. D'une manière ou d'une autre, sans qu'elle comprenne ce qui avait joué le rôle de déclencheur, ils étaient passés d'une conversation polie à des insinuations sexuelles plus osées pendant leur promenade jusqu'à l'hôtel.

En d'autres circonstances, elle aurait mis le holà tout de suite, malgré l'alchimie sensuelle qui crépitait entre eux. Elle respectait un certain nombre de règles, après tout. Mais ce gars n'habitait pas en ville et il repartait dès le lendemain. C'était une valeur sûre. Un risque qui valait la peine d'être pris.

Plus important encore, elle en avait très envie.

Et ça faisait longtemps qu'elle n'avait pas vraiment désiré un homme.

— En plus, dit-elle, ses orteils sur sa cheville, je pense que tu mérites quelques points pour avoir tenté de dévier ma question initiale.

— Je ne suis pas une star de cinéma, répondit-il. Ce n'était pas une question sérieuse, si ?

Elle leva une épaule.

— Depuis qu'on est entrés dans cet hôtel, le personnel a les yeux rivés sur toi. Et le service est excellent. Tu dois bien être quelqu'un.

— Oui, ça, c'est vrai.

— Alors, qui ?

Il se pencha en avant avec une expression si intense qu'elle sentit bondir son cœur.

— Je suis l'homme qui va te faire supplier.

Sa bouche se dessécha brusquement.

— Oh.

Elle déglutit, tout son corps brûlant de désir. Elle avait envie de fondre sur-le-champ, de lui dire de l'emmener dans une chambre et de lui prouver ses belles paroles.

Mais Amanda n'aimait pas perdre, et ce qui avait commencé comme une taquinerie revêtait à présent des allures de match. Un jeu décadent, à la fois séduisant et fabuleux. Et elle savait exactement quel serait son prochain coup.

Lentement, elle fit remonter son pied le long de sa jambe sans le quitter des yeux, jusqu'à ce que ses orteils se posent entre ses cuisses. Son sexe était de plus en plus rigide. Comme il y avait une nappe sur leur table, ses initiatives étaient bien cachées par le tissu blanc. Mais il suffisait de regarder son visage pour deviner ce qui se passait là-dessous.

— Mon pauvre ami, dit-elle avec un froncement de sourcils exagéré. Tout engoncé dans tes vêtements. Tu devrais peut-être décompresser, le laisser sortir et jouer un peu.

Elle le vit reprendre son souffle, puis se redresser, s'efforçant visiblement de garder le contrôle.

— Tu triches, l'accusa-t-il.

Amanda haussa les sourcils.

— Comment ?

— Si j'étais capable de penser en ce moment même, je te le dirais.

Elle éclata de rire, prise au dépourvu.

— Je t'aime bien.

Elle parlait sans réfléchir, mais bon sang, c'était vrai. Enfin, elle reprit son verre et le vida d'un trait.

— Oh, regarde. J'ai fini de boire.

Il l'imita avant d'abattre son verre à shooter sur la table.

— Tu sais quoi ? J'ai fini aussi.

Avec un sourire espiègle, elle écarta son pied.

— J'imagine que la question est maintenant de savoir lequel d'entre nous va supplier. Et pourquoi ?

— Je n'ai aucune honte, rétorqua-t-il en lui prenant la main pour lui caresser tout doucement le pouce. Viens avec moi dans ma chambre. Je t'en supplie.

— Tu m'as convaincue.

Les caresses de son pouce sur sa peau la faisaient fondre.

— Allez.

Il quitta sa chaise et elle darda les yeux sur

son paquet avant de lui sourire sans la moindre gêne.

— Tu as bien besoin d'une chambre, en effet, observa-t-elle.

— C'est précisément mon intention.

Il bougea un peu, comme s'il était mal à l'aise, puis se dirigea vers l'ascenseur. Elle marchait à côté de lui, réprimant un sourire.

— Tu te rends compte des problèmes que tu viens de t'attirer ? La punition pourrait être rapide et sévère.

— Ça me fait rêver, susurra-t-elle.

Il ricana.

— Tu n'as pas besoin de signer pour l'addition ?

— Ils me connaissent, répondit-il en secouant la tête.

— Si tu le dis...

— Promis, fit-il avec un petit rire. Tout est réglé. Et pour le moment, je n'ai aucune envie d'attendre.

C'était un sentiment qu'elle pouvait tout à fait comprendre. Elle resta près de lui alors qu'il se dirigeait vers l'ascenseur. Il lui prit la main en montant à l'intérieur, avec un autre couple chargé de sacs —des touristes, vraisemblablement.

Adossé au mur, il l'attira devant lui et passa les bras autour de sa taille, la rapprochant de son corps. Il la serrait si fort qu'elle pouvait sentir son érection au bas de son dos.

L'autre couple se tenait près des portes, prêt à sortir précipitamment. Ils ne regardaient pas derrière eux. Voilà pourquoi ils ne se rendirent pas compte que l'une des mains de Derek glissait sur son bassin, se posant directement entre ses jambes.

Sous l'effet de cette pression et de la sensation de sa verge contre son dos, Amanda redoutait d'exploser tout de suite. Son corps était transi et elle était extrêmement consciente de chaque point de contact avec Derek.

Elle avait envie de se déshabiller, de sentir sa peau contre la sienne, mais rien ne se produisit. Pas encore, du moins. Au lieu de ça, elle se mordit la lèvre inférieure et déglutit. Elle ne savait pas si elle espérait que le trajet jusqu'à leur étage soit rapide ou, au contraire, très lent.

Ce fut bref. Ils sortaient au septième, mais l'autre couple aussi. Ainsi, ils durent se contenter de cette intimité toute relative.

C'était suffisant, cependant. Les préliminaires avaient été d'une efficacité redoutable et lorsqu'ils sortirent de l'ascenseur, les seins d'Amanda étaient déjà contractés et sensibles, son sexe presque douloureux tant le désir était puissant.

Ils n'ouvriraient jamais la porte de la chambre assez rapidement à son goût. Dès qu'ils furent à l'intérieur, elle eut à peine le temps d'espérer que tout irait très vite. Déjà, il l'attirait brutalement à lui, relevait son chemisier et faisait passer le vêtement en soie délicate par-dessus sa tête.

Il prit alors un instant pour la contempler. Un soupir franchit ses lèvres.

— Tu es tellement belle, dit-il dans un souffle.

— S'il te plaît, supplia-t-elle, ses propres doigts s'affairant sur les boutons de sa chemise.

Elle voulait sentir les muscles fermes de ses abdominaux en dessous.

— J'ai envie de te toucher, lui dit-il. Tu... Oh, mon Dieu, Amanda, tu mets mon corps en feu. Je suis impatient. Je pourrais peut-être attendre, mais je n'en ai aucune envie.

— Moi non plus, admit-elle. Où est la chambre de ta suite ?

Il lui prit la main et les y conduisit tous les

deux. Puis il pencha la tête comme pour la détailler attentivement.

— Quoi ?

— Tu n'as pas oublié que tu allais recevoir une punition ?

— Oh, vraiment ? À quoi pensais-tu, exactement ?

— Fais-moi un petit strip-tease.

Elle secoua la tête.

— Non.

Au lieu de ça, elle s'avança, s'arrêtant à quelques centimètres de là où il était assis. Elle portait ses talons, sa jupe et son soutien-gorge. Des sous-vêtements aussi, enfin, un minuscule string déjà trempé.

Lentement, elle suça le bout de son doigt. Puis elle le glissa sous la ceinture de sa jupe jusqu'à son clitoris, le mettant au défi de la regarder. Il ne pouvait pas voir ce qu'elle faisait, bien sûr, mais cela n'avait aucune importance. Ses yeux étaient sur elle, et le désir qu'elle y voyait, un désir éperdu, bestial, la rendait plus humide encore.

— Tu en as envie ? Alors, c'est à toi de me déshabiller.

Elle se retourna, lui donnant accès à la fermeture éclair.

— Bébé, je pense que nous allons passer un très bon moment.

Il baissa la fermeture, puis fit glisser la jupe sur ses hanches.

— Magnifique, murmura-t-il en lui caressant les fesses. Écarte les jambes, puis penche-toi et attrape tes chevilles.

Elle s'exécuta et il se mit à genoux, laissant courir sa langue sur le galbe de sa fesse tout en tirant son string vers le bas, l'exposant complètement.

Excitée au point de ne plus pouvoir le supporter, elle se mordit la lèvre, craignant presque de jouir dès qu'il la toucherait. Elle résista, mais lorsqu'il enfouit sa langue contre son sexe, par-derrière, elle en perdit la raison et l'implora de la prendre.

— Je t'avais dit que je te ferais supplier.

Elle éclata de rire, même si elle avait envie de le supplier davantage.

Il s'approcha de la table de nuit et revint avec un préservatif.

— Je ne sais pas combien de temps je peux attendre, dit-il en l'enfilant.

Sur ce, il dégrafa son soutien-gorge et elle s'en délesta, gémissant de plaisir alors que ses mains chaudes prenaient ses seins en coupe.

Il joua avec ses mamelons tout en ondulant des hanches, la caressant par-derrière avec son sexe en érection.

— Tu es tellement sexy, Amanda.

En entendant son prénom, son désir en fut décuplé.

— J'ai envie de te voir.

Elle se retourna, nue à présent, à l'exception de ses talons. Sa main à plat sur son torse, elle le poussa en position assise au bord du lit. Puis elle rampa sur lui, se frottant contre son sexe en érection avant de poser sa bouche sur la sienne, avide d'un autre baiser langoureux.

— J'en veux plus, fit-il en interrompant brutalement le baiser. Je veux être en toi.

Avec un éclat de rire, elle l'embrassa une dernière fois.

— Bon, nous sommes à égalité. Tu as supplié, toi aussi.

— Vicieuse.

En la tenant par les hanches, il la mit en position. Son gland la taquina encore jusqu'à ce qu'elle lui accorde un point de plus en le suppliant de la lâcher pour pouvoir s'abaisser et le recevoir entièrement.

Comme il en avait tout autant envie, il ne protesta pas, et bientôt, il la remplit alors qu'elle le chevauchait, ses chevilles croisées derrière son dos et ses mains sur ses hanches pour la pénétrer profondément.

— C'est ça, bébé, dit-il avant de l'embrasser à nouveau.

Ses lèvres la suçotèrent, l'attisant douloureusement, puis il lui lâcha la hanche et passa une main entre leurs corps afin de caresser son clitoris, sans cesser ses va-et-vient fougueux.

Des frissons de plaisir commencèrent à la traverser, de vives décharges électriques qui convergeaient entre ses cuisses. Elle se cambra et il prit son sein dans sa bouche, l'aspirant si fort et avec une telle intensité qu'elle en ressentit les échos jusque dans son sexe.

Par-dessus tout, elle se sentait en feu. Son corps était en vie. Conscient à l'extrême.

— J'y suis presque, souffla-t-elle. Jouis avec moi. Derek, je t'en prie, jouis en même temps que moi.

Il ne dit rien, mais elle regarda son visage à l'approche de l'extase. Une passion violente crispait tous ses traits, la marque du plaisir. Un plaisir qu'elle lui offrait. Qu'ils avaient créé ensemble.

C'était magique, et alors que cette pensée lui traversait l'esprit, elle explosa, se plaquant contre lui. Elle voulait que cette friction la pousse encore plus loin, avant qu'ils finissent tous deux par haleter, comblés, se laissant retomber sur le lit aux draps encore lisses.

— Waouh, fit Amanda quand elle put respirer à nouveau.

Elle se tourna vers lui, leurs jambes toujours entrelacées.

— Je veux dire, sérieusement, waouh !

Derek sourit.

— Je prends ça comme un compliment.

— Tu as bien raison.

Elle tendit le cou et l'embrassa.

— J'ai passé un excellent moment ce soir.

— Ça ressemble à un au revoir.

— Je commence tôt demain matin.

C'était vrai, sinon Amanda aurait pu être tentée de rester. Elle réalisa alors qu'elle ne lui avait jamais dit ce qu'elle faisait dans la vie. Il avait clairement de l'argent et pouvait lui donner accès à de nouveaux clients. Ou en devenir un lui-même.

Cela dit, elle n'était pas comme ça, et elle s'en voulut aussitôt.

— Ça va ? On dirait que je t'ai perdue, là.

— Quoi ? Oh.

Elle l'embrassa à nouveau, légèrement, pour masquer son embarras, puis elle se glissa hors du lit.

— Mon esprit est déjà passé en mode travail. Pour être honnête, je n'aurais pas dû prendre le temps ce soir, j'ai beaucoup de préparatifs à faire.

Elle lui adressa un sourire sincère.

— Mais je ne le regrette pas du tout.

— Content de l'entendre. Moi non plus.

Il resta sur le lit, à la couver du regard alors qu'elle se tortillait pour enfiler sa culotte. Honnê-tement, c'était comme un strip-tease inversé, et pendant un instant, elle avait été tentée de se changer dans la salle de bain. Mais l'approbation et le désir sur son visage lui firent passer l'envie de se cacher. Au contraire, elle envisageait presque de retrousser sa jupe, de remonter sur le lit et de le chevaucher.

Du calme, ma belle.

— Je n'ai jamais répondu à ta question.

— Je sais que tu ne travailles pas à Holly-wood, dit-elle en haussant les épaules dans son chemisier. Mais maintenant, je parierais pour une rock star. Ta performance de ce soir était incroyable.

— Je suis ravi que tu aies aimé le concert.

Il rejeta le drap sur le côté, puis se dirigea vers elle, entièrement nu. Son corps ferme la déconcentra tellement que ses doigts tâtonnèrent pour trouver le bouton de sa jupe.

À son sourire arrogant, il percevait nettement son trouble. Il prit le relais, ses doigts effleurant sa peau en surchauffe pour tirer lentement la ferme-ture et boutonner sa jupe.

— Et voilà, tout habillée. Dommage de couvrir une si belle vue.

— Eh bien, tu pourrais éventuellement la retrouver un jour.

Dès l'instant où les mots étaient sortis de sa bouche, Amanda se figea. Elle n'avait pas l'inten-tion de dire ça – tout l'intérêt de ce soir, c'était que ça n'arriverait qu'une fois. Comme si elle grattait une démangeaison sans s'embourber dans les complications.

En fait, au début, elle avait la ferme intention que cela reste un coup d'un soir. Mais ensuite, il lui dit qu'il venait à Austin régulièrement pour le travail et lui demanda s'il pouvait l'appeler. Et la seule réponse qui jaillit de ses lèvres fut un grand « oui ».

— Tant mieux.

Ce simple mot transmettait tant d'émotions qu'elle en était submergée.

— Je devrais te dire quelque chose, répondit-elle. Je ne m'engage jamais. Je suis engagée avec mon entreprise en ce moment, tu comprends ? C'est là-dessus que je me concentre exclusivement. Mais des rencontres occasionnelles comme aujourd'hui, pourquoi pas ?

— Avec plaisir.

— Tiens.

Elle sortit une carte de son sac à main et la lui tendit.

— Bureau et portable.

Elle s'humecta les lèvres, se retenant d'en dire plus.

— J'espère vraiment que tu appelleras.

— Je le ferai, dit-il.

Elle sourit, gênée et un peu étourdie, avant de se diriger vers la porte. Elle venait de tourner la poignée quand il reprit la parole.

— Je ne t'ai jamais répondu.

— Je reconnais une cause perdue quand j'en vois une, lança-t-elle pour plaisanter, avant d'ajouter : En fait, ne me le dis pas maintenant. Si on ne se revoit pas, peu importe. Et si on se retrouve, tu seras toujours à temps de me le dire.

Toujours nu, il la rejoignit en quatre longues enjambées sans la quitter des yeux. En silence, il l'attira à lui. Elle sentit ses jambes faiblir sous la force de son baiser, brûlant et exigeant.

Quand il la relâcha, elle haletait. Son corps la suppliait d'oublier son travail pour la journée et de rester au lit avec lui.

À son sourire, il savait exactement ce qu'elle pensait, mais il se contenta de lui dire :

— Marché conclu.

TROIS

Anthony Winston but une gorgée de jus d'orange tout en regardant son fils.

Le rituel était familier, bien que désagréable, et Derek se redressa en silence, laissant son père l'observer. Cette inspection n'avait aucune importance. D'après l'expérience de Derek, son père voyait uniquement ce qu'il voulait voir et non la réalité.

Chez lui, Anthony ne voyait qu'une erreur. Un homme qui cherchait plus à prendre du bon temps qu'à travailler pour l'entreprise familiale. Ce qui était encore vrai une décennie plus tôt.

Mais il avait trente-six ans, maintenant, et les choses avaient changé. L'entreprise familiale était importante pour lui, ce qu'il prouvait tous les jours au bureau par son travail acharné.

Il était excellent, et il devait se complimenter lui-même, car ce n'était pas son père qui le ferait.

Et puis, il y avait la sœur de Derek, Melinda. Il l'aimait beaucoup, mais Mellie n'était pas fiable. Aux yeux d'Anthony, cependant, elle était innocente. Selon le patriarche de la famille Winston, le fiasco dans la rénovation de la piscine qu'elle était censée superviser au ranch familial n'avait rien à voir avec ses tendances à la dispersion. Pour lui, c'était le directeur des travaux qui était entièrement responsable. Pas sa précieuse Mellie.

Bien sûr, la vision d'Anthony Winston était beaucoup plus claire en ce qui concernait son entreprise. Là, chaque domaine était étudié, analysé et interprété dans les moindres détails.

Ainsi, c'était bien légitime de chercher à savoir pourquoi, si Derek était un tel incompétent, son père l'avait envoyé à Austin afin de négocier avec les propriétaires du South Congress Motor Inn. Certes, l'accord était une idée de Derek, mais Anthony Winston aimait être au cœur des affaires. Il n'était pas du genre à abandonner les négociations simplement parce que quelqu'un d'autre avait élaboré un projet.

Était-ce parce que, sous ses critiques constantes, son père avait en réalité une vision plus claire que Derek ne le pensait ?

Difficile à dire. Tout ce qu'il savait, c'était que s'il échouait, son père ferait tomber sa tête et la dévorerait pour le déjeuner. Probablement avec un bon Chianti.

Anthony prit une autre gorgée de jus de fruits, puis se renfrogna quand Derek termina sa tasse de café.

— Tu devrais boire ton jus, pas le café. C'est ta troisième tasse. Trop de caféine, ça émousse les sens. Tu te dois de rester vif.

Derek réprima un soupir, ignorant son verre de jus d'orange encore plein.

— Je suis fort, papa. Assez pour savoir que tu ne m'as pas fait venir au ranch ce matin rien que pour critiquer ma consommation de caféine.

Il s'agissait du Winston Ranch, près de deux cents hectares dans le quartier Oak Cliff de Dallas. Derek et son père se trouvaient dans le pavillon près de la piscine, où le petit-déjeuner leur était servi par du personnel si efficace qu'ils auraient pu officier dans n'importe quel restaurant de New York. Bien sûr, ils n'en faisaient rien, car Anthony Winston les payait grassement.

Des années plus tôt, le ranch s'étendait sur une superficie beaucoup plus vaste. C'était une véritable ferme en activité. Mais c'était avant l'époque de Derek. La vente de ce terrain excédentaire, associée à la décision de son arrière-grand-père de construire un hôtel de luxe au centre-ville de Dallas, avait été le catalyseur de la fortune familiale. Et elle était colossale.

Maintenant, le ranch était une demeure familiale, avec la maison principale, la petite villa de sa sœur, un garage de vingt voitures et quelques chalets dispersés pour le personnel. Dix hectares au nom de Derek attendaient qu'il y fasse également bâtir sa maison. Cela dit, ce n'était pas dans ses intentions. Il aimait travailler pour l'entreprise familiale, mais il voulait se faire sa propre place. Et pour cela, il devait donner de nouvelles directions à la société Winston, ce qui l'éloignait bien souvent de Dallas. Plus important encore, il n'avait aucune envie de vivre dans le ranch, où chaque fois qu'il regardait le ciel, tout ce qu'il voyait, c'était l'œil de son père qui l'observait à travers un microscope. Il en avait assez de travailler pour lui.

Anthony posa son verre de jus et se redressa en silence sur sa chaise tout en dévisageant Derek. Son père était un homme de grande stature, avec les mêmes épaules larges qu'il voyait chaque fois qu'il se regardait dans un miroir. Il pouvait être aussi intimidant que le diable en personne.

Aujourd'hui, cependant, Derek ne se laissait pas impressionner. C'était plutôt l'inverse. Il était franchement agacé.

— Je dois me rendre à l'aéroport. Pourquoi m'as-tu convoqué sur le domaine ?

— Parce que la réputation de cette entreprise exige que l'affaire South Congress Motor Inn soit traitée avec finesse.

Derek se pencha en arrière, les mains jointes.

— Tu as oublié que je suis à l'origine de cet accord ? Que tout le concept à la base de cette acquisition vient de moi ?

Son père soupira.

— Tu es doué, fiston, personne n'en doute.

Les sourcils de Derek remontèrent sur son front. À sa connaissance, son père en doutait au quotidien, justement.

— Mais c'est un accord qui doit être traité en

silence. Il ne faut pas que les investisseurs en parlent et que le marché s'affole.

Anthony rencontra le regard de Derek.

— Tu comprends ce que je dis ?

— Papa, je travaille dans cette entreprise depuis que je suis en couches-culottes. J'ai des diplômes en commerce de Harvard et de Yale. Tu m'as envoyé travailler dans des hôtels concurrents quand j'avais seize ans. J'ai assuré le service en chambre. J'ai travaillé dans la buanderie. Et je fais un excellent concierge, si tu veux mon avis. Je connais cette entreprise sur le bout des doigts. En plus, c'est moi qui ai conçu les boutiques Winston. Alors, excuse-moi si j'ai l'air un peu découragé de me faire sermonner sur des choses que je sais déjà.

La division Winston Boutiques était encore en plein développement, mais Derek avait bien l'intention de la concrétiser et d'en faire son succès personnel. En ce moment, tout dépendait de l'accord South Congress Motor Inn. L'idée était de trouver des motels bien situés, mais en déroute financière, chers au cœur des habitants de leurs villes respectives, de les rénover pour en faire des établissements de qualité avec des équipements haut de gamme et de les proposer comme lieux de villégiature à l'ambiance rétro.

Le mois précédent, il avait repéré l'auberge à l'abandon sur South Congress Avenue, un quartier prisé par les touristes et les vacanciers, et il avait décidé d'en faire son point de lancement.

Tout ce qu'il lui restait à faire, c'était d'acquérir le motel et de donner le coup d'envoi.

Une fois qu'il aurait réussi ce projet, il avait l'intention d'insister pour devenir responsable de toute la division Winston Boutiques.

Bien sûr, ce serait au conseil d'administration d'en décider. Et les membres du conseil n'étaient même pas fichus de se torcher les fesses sans consulter Anthony Winston au préalable.

Il soupira. En un mot, il était coincé au ranch jusqu'à ce que son père lui donne son feu vert.

— Je ne doute pas de ton talent, fiston. Tu es un Winston et tu as du cran. Mais il ne faut pas que la presse ait vent de ce que nous préparons. À voir comment vous vous comportez, Jared Ingram et toi...

Derek leva une main.

— Qu'est-ce que Jared vient faire là-dedans ? Il est à Los Angeles, et moi je suis ici. Ça fait des mois qu'on n'a pas fait la fête ensemble.

— Tant mieux, reprit son père. Parce que vous devez vous calmer, les garçons.

Jared Ingram partageait une chambre avec Derek, à l'université. Héritier d'une fortune familiale qui remontait à l'aube des temps, Jared avait assez d'argent pour acheter et vendre Anthony Winston mille fois. Il était intelligent, drôle et attachant, et contrairement à Derek, il n'avait aucune idée de ce qu'il voulait faire de sa vie.

— Qu'on se calme ? fit Derek en regardant son père. C'est un euphémisme pour me reprocher de me montrer ? De prendre du bon temps ? Bon Dieu, papa, j'ai passé toute ma vie à bosser pour la marque Winston. Tu ne vas pas me reprocher de faire la fête de temps en temps, quand même !

— Ce que je veux dire, c'est que tu fais n'importe quoi et que tu te couvres de ridicule. Quoi ? Tu ne sais pas prendre du bon temps sans faire la fête avec des poules de luxe ? Sans te saouler et apparaître dans tous les journaux chaque fois que tu es avec ce garçon ?

Frustré, Derek se pencha en arrière et passa les doigts dans ses cheveux.

Évidemment, Jared était un jet-setteur. Et même si Derek ne lui arrivait pas à la cheville dans ce domaine, il ne pouvait pas nier qu'il aimait bien faire la fête à l'occasion. Surtout quand il était en ville avec Jared.

Cependant, Jared n'était pas un mauvais bougre ni un flambeur. Ce que sous-entendait son père faisait bouillir le sang de Derek.

— Je travaille dur. Je joue gros. Et je n'ai jamais failli à mes responsabilités envers la Winston Corporation.

Pourtant, ses paroles lui semblaient creuses. La vérité, c'était que les frasques de Jared lui tapaient sur les nerfs, ces derniers temps. Depuis un an, Derek sortait surtout avec son ami pour garder un œil sur lui. Pas pour se joindre à ses scandales.

Bien sûr, il ne fallait pas compter sur son père pour lui accorder le bénéfice du doute.

Il devait bien admettre que le vieil homme n'avait pas tort. Ce n'était pas parce que Derek n'écumait pas tous les clubs de New York à Dallas en passant par Los Angeles qu'il était pur comme un agneau. Il avait connu de nombreuses femmes au fil des ans. Alors, oui, parfois des bribes fuitaient dans les journaux.

Son passé ne devrait pas avoir d'incidence sur l'accord d'Austin… mais si le passé se rejouait dans le présent, c'était risqué. S'il était vu avec une femme à Austin, cela finirait sans aucun doute sur les réseaux sociaux. Rien de bien méchant en soi, mais un concurrent à l'œil affûté pourrait tomber sur une photo de lui à Austin et se demander ce qu'il faisait là-bas. Peut-être même enquêter. Et finir par le percer à jour.

Ainsi, la Winston Corporation risquait de se retrouver dans une guerre d'enchères à plusieurs au lieu d'être le seul joueur à la table pour l'acquisition du motel.

Bon sang, le monde était tellement plus simple à l'époque de son père. Malheureusement, aujourd'hui, il fallait composer avec les réseaux sociaux.

À contrecœur, il but son verre de jus d'orange, puis se leva en regardant son père dans les yeux.

— Je file à l'aéroport. Et je vais assurer.

Évidemment, pensa-t-il en se dirigeant vers la piscine, puis la maison principale. Mais la réalité frustrante, c'était qu'il avait l'intention d'appeler Amanda Franklin une fois dans la voiture pour lui faire savoir qu'il serait en ville pour la nuit.

Depuis plus d'un mois maintenant, elle occupait ses pensées. Et les souvenirs de leur tête-à-tête avaient envahi ses rêves, si intenses qu'à plusieurs reprises, il avait dû prendre une douche froide avant même de songer à s'habiller.

Il avait résisté à l'envie de l'appeler depuis Dallas le mois dernier. Elle lui avait clairement fait comprendre que s'ils se retrouvaient, ce ne serait que provisoire. Ça lui convenait. Elle avait beau l'obséder en ce moment, il n'avait pas besoin d'une relation de couple compliquée dans sa vie.

Au contraire, pendant des années, il avait pris plaisir à sortir avec une femme différente chaque week-end. Pas avec l'exubérance de Jared, certes, mais Derek n'avait jamais été du genre à rester sur la touche. À quoi bon s'en priver ? Son entreprise l'accaparait en permanence. Pourquoi ne pas profiter du rare temps libre dont il disposait ? D'autant plus que les femmes ne manquaient pas, dans les différentes villes où Winston possédait des établissements, plus que ravies de lui faire passer un bon moment.

S'il n'en avait appelé aucune au cours du mois dernier, ça n'avait rien à voir avec la nuit qu'Amanda et lui avaient passée ensemble. Après tout, elle était taillée de la même étoffe que lui.

Elle se concentrait sur sa carrière et ne cherchait aucune relation.

Alors, non. La seule raison de son célibat relatif, ces quatre dernières semaines, c'était la folie de son emploi du temps. Il avait mis de longues heures à planifier la nouvelle division et à travailler sur les conditions de l'accord pour l'auberge. À aucun moment, pendant tout ce temps, il n'avait croisé de femmes suffisamment intéressantes pour se détourner du travail.

Amanda était intéressante.

Ces mots tournaient en boucle dans sa tête. *En effet.*

Voilà pourquoi elle était toujours sur son radar.

En se rapprochant de la maison, il envoya un texto au majordome pour lui demander qu'un chauffeur et une voiture se tiennent prêts. Il allait récupérer sa valise dans le coffre de sa Mercedes. Il laisserait sa voiture ici pour pouvoir rattraper ses e-mails en retard pendant le trajet du ranch jusqu'au hangar des Winston à l'aéroport de Love Field.

Ils étaient sur la route depuis quinze minutes, et Derek avait réussi à répondre à tous les e-mails du matin, lorsque son téléphone sonna. Il jeta un coup d'œil au nom qui s'affichait avec l'intention de l'ignorer à moins que ce ne soit son assistant, mais il s'agissait de Jared.

— Où es-tu cette semaine ?

— À Aspen. Tu devrais venir. La neige est froide, mais les femmes sont chaudes.

Derek ricana.

— J'imagine. Je croyais que tu étais à Los Angeles. Tu étais tout excité par ton projet d'adapter en film le bouquin de je ne sais plus quel auteur.

— Elle était sexy, mais ça n'a pas marché.

Je décelai dans sa voix une intonation qui ne lui ressemblait pas.

— Ça va, vieux ?

— Oui, oui. Putain. Sérieusement, ce n'est pas grand-chose.

— Quoi donc ?

— Carla. L'auteure du bouquin en question. Comme je te l'ai dit, ce n'est pas grand-chose.

Pourtant, d'après le ton de Jared, on aurait dit le contraire.

— Que s'est-il passé ?

— Elle m'a largué.

Derek écarquilla les yeux.

— Je ne savais pas que tu sortais avec elle !

— Non, pas vraiment. C'était peut-être le problème. Elle m'a largué en tant que producteur. Elle a dit qu'elle ne me faisait pas confiance pour ce projet. Que j'étais instable.

Une femme perspicace, cette Carla, songea Derek. Jared n'avait jamais travaillé à Hollywood, mais il avait assez d'argent pour y mettre son grain de sel. Il avait eu la lubie de devenir producteur, ce qui était réalisable s'il travaillait avec des professionnels de qualité. D'après ce que Derek en avait vu, Jared s'affichait partout, mais ne travaillait pas beaucoup. Il voulait jouer le rôle de producteur sans rien accomplir, si ce n'est se montrer dans tous les clubs les plus branchés de la ville et dans quelques articles du *Hollywood Reporter*.

— Alors, j'ai tout envoyé balader et je suis venu dans le Colorado. Tu devrais me rejoindre. J'ai rencontré de belles femmes qui se font un plaisir de me tenir au chaud.

— Je ne peux pas. Je vais monter dans un avion pour Austin, là.

De toute façon, il n'irait pas, même s'il le pouvait.

— Dommage. C'est la belle vie, mon vieux. Travailler à Hollywood, c'était bien trop compliqué. Ça ne vaut pas le temps si on n'a rien à y gagner.

Mais pour la première fois, il y avait quelque chose dans la voix de Jared qui lui faisait penser que son ami ne croyait pas à ses propres bravades.

— Tu vas bien ?

— Juste un peu fatigué. Je m'occupe, si tu vois ce que je veux dire.

La voix de Jared avait retrouvé son impertinence et l'inquiétude qui avait effleuré Derek se dissipait déjà.

— Bon, je te laisse. J'arrive à l'aéroport, on se parle plus tard.

— Rapplique en ville, un de ces quatre. Ça fait trop longtemps.

C'était vrai, mais Derek n'était pas d'humeur à retourner à Manhattan ces derniers temps. Non, il n'avait qu'Austin en tête.

Il se contenta de répondre par un « oui » évasif.

QUATRE

Pour Amanda, le seul véritable inconvénient de
son travail était qu'elle ne pouvait pas se
permettre de ne pas répondre au téléphone. Elle
avait décidé depuis longtemps de ne pas porter
deux téléphones sur elle, ce qui signifiait qu'elle
donnait son unique numéro à tous les clients,
contacts prometteurs et autres agents et courtiers.
En fin de compte, elle recevait tant de messages
qu'elle avait pris l'habitude de dicter ses
réponses. Sinon, elle allait devoir renoncer à ses
ongles longs. Et c'était hors de question.

Mais le pire, c'étaient les appels. Elle était
toujours contente de parler immobilier, même si
l'acheteur n'était pas vraiment décidé et tâtait
seulement le terrain. Après tout, on ne savait

jamais quand leur situation allait changer, et elle voulait figurer en haut de leur liste. Pour cela, elle devait également répondre à tous les appels inconnus, car il pouvait s'agir de clients potentiels à qui l'on aurait donné sa carte de visite.

Par conséquent, elle subissait plus que quiconque le fléau des appels indésirables ou automatisés. On l'appelait à tout bout de champ pour des choses qui ne l'intéressaient pas, pour des choses qu'elle ne voulait pas.

Et parfois, elle recevait même des appels inattendus pour des choses dont elle ne devrait pas se soucier, des choses qu'elle ne devrait pas vouloir. Comme le coup de fil de ce matin. Celui auquel elle avait répondu, aussitôt décontenancée en entendant la voix traînante de Derek.

— Bonjour, beauté. Tu sais qui c'est ?

Quelle question !

Aucun doute à ce sujet. Et apparemment, chaque partie de son corps le savait aussi. Alors qu'il lui annonçait qu'il montait à bord d'un avion pour Austin et qu'il aurait terminé ses réunions et son dîner à vingt-deux heures, l'invitant à le rejoindre juste après, son corps s'était mis à la tourmenter avec une envie inhabituelle et plutôt agréable.

Maintenant, elle soupirait, debout dans le hall de l'hôtel Winston à la décoration baroque. Elle baissa les yeux sur l'écran de son téléphone, vérifiant l'heure pour la millième fois. *Une minute de plus que tout à l'heure.*

Avec un autre soupir, elle attendit.

Il s'était écoulé un mois depuis sa rencontre avec Derek devant le *Fix*, depuis qu'ils avaient partagé cette nuit incroyable, et même si elle s'était répété à maintes reprises qu'il serait préférable qu'il ne rappelle plus jamais – mieux valait ne pas s'engager –, elle ne pouvait nier la bouffée de chaleur qui l'avait traversée quand elle avait entendu sa voix. Une chaleur qui s'était transformée en folle impatience lorsqu'il lui avait demandé de le retrouver au Winston à vingt-deux heures quinze.

— Chambre 715, avait-il dit, le même étage que la dernière fois.

Elle lui avait promis d'être à l'heure.

À présent, il était vingt-deux heures et sept minutes. Elle ne cessait de consulter l'heure sur son téléphone, comme une idiote.

— Arrête d'être aussi impatiente, s'intima-t-elle.

Mais elle était sur les charbons ardents.

C'était pour cette raison qu'elle avait failli lui répondre qu'elle avait déjà d'autres projets pour la soirée. Parce que même s'ils avaient suggéré de se revoir, elle ne s'attendait vraiment pas à avoir de ses nouvelles. D'ailleurs, elle avait même pensé qu'il valait mieux reculer, tout compte fait.

Malgré ça, elle n'avait pas dit non. Au contraire, elle s'était empressée d'accepter. Parce qu'il y avait eu des étincelles entre eux. Et pas seulement de nature sexuelle. Ils avaient ri et discuté. En un mot, ça avait collé.

Et le sexe avec lui était d'un tout autre niveau.

D'ailleurs, c'était pour ça qu'elle était ici. Et qu'elle se disait qu'elle ferait mieux de s'en aller.

Derek était le genre d'homme capable de s'infiltrer dans sa peau, et elle n'avait pas de temps à consacrer à une relation.

Ils n'en avaient pas discuté la dernière fois, mais elle allait devoir lui en toucher un mot cette fois-ci. Ils devaient être clairs. Si cela devait se répéter, alors il fallait que ce soit uniquement du sexe. Rien d'autre.

Elle espérait seulement qu'ils parviendraient à un accord... en plus d'un orgasme époustouflant.

Elle frappa à vingt-deux heures quinze précises, et il ouvrit la porte dix secondes plus tard. Aussitôt, Amanda sut qu'elle n'aurait aucun mal à obtenir à l'orgasme qu'elle souhaitait. Cet homme était aussi torride que le péché, avec son jean noir, ses pieds nus et son t-shirt gris clair qui moulait son torse et révélait ses bras musclés.

Ce n'était pas un spectacle désagréable. Pourtant, ce fut l'expression de son visage qui acheva de convaincre Amanda qu'elle ne regretterait pas d'être venue. Une intensité presque sauvage fit palpiter son pouls et de petites gouttes de sueur perlèrent sur sa nuque.

— Salut, dit-elle.

Ou plutôt, elle essaya. Elle n'avait pas encore terminé son mot qu'il l'avait attirée dans le hall d'entrée et refermé la porte d'un coup de pied, la coinçant contre le mur.

Immédiatement, sa bouche s'écrasa sur la sienne pour un baiser tout en dents, lèvres et langue. C'était une demande, une promesse. Désir et envie entremêlés. Bon Dieu, c'était du sexe à l'état pur. Le sexe le plus buccal qu'Amanda puisse imaginer, et tout ce qu'elle voulait, c'était s'y abandonner.

Ses doigts s'enroulèrent dans ses cheveux, la maintenant fermement alors que sa langue se battait avec la sienne. Leurs dents s'entrechoquèrent et elle sentit le goût du sang, acide et indéniablement excitant.

Il l'avait plaquée contre le mur tandis que sa bouche dévorait la sienne. Elle n'aurait jamais cru que ce soit possible, mais la seule idée qu'il ait pris le contrôle, qu'il la possède, l'excitait follement. Sa culotte était trempée et tout son corps était excité, à fleur de peau. Comme si un simple frôlement pouvait la propulser dans l'espace. Oh, comme elle avait envie de décoller !

Contre toute attente, il recula, juste assez longtemps pour capter son regard. Puis ses mains glissèrent le long de ses bras nus – elle portait un débardeur.

Ses caresses lui donnèrent le frisson et elle inspira, les lèvres entrouvertes et les yeux fermés. Elle voulait se laisser aller aux sensations, sentir ses mains le long de ses bras. Son corps athlétique se plaqua contre le sien. Son sexe en érection exerçait une pression contre son jean, appuyant avec insistance sur son bas-ventre.

Heureusement qu'elle portait une jupe, car elle ne pourrait pas le supporter plus longtemps.

— S'il te plaît, supplia-t-elle. Je te veux maintenant. Violemment, profondément, là contre ce mur.

Il recula juste assez pour qu'elle puisse voir la lueur d'excitation pure dans ses yeux. Puis il se pencha, saisissant sa jupe, et dans un mouvement brusque la retroussa autour de sa taille.

Ensuite, il la souleva, ses jambes autour de sa taille et son dos contre le mur. Il était fort, capable de la soutenir à une main le temps de sortir un préservatif de sa poche arrière.

— Je suis venu préparé, lui dit-il.

— Ne perds pas de temps, enfile-le.

Il s'exécuta. Elle aurait pu applaudir si elle ne criait pas déjà lorsqu'il la pénétra dans un long coup de reins, prenant possession de chaque cellule de son corps.

Ses coups de boutoir redoublèrent, faisant claquer son dos contre le mur, leurs bouches pressées l'une contre l'autre. C'était cru, bestial, exactement ce qu'elle voulait. Quand l'explosion arriva enfin, elle hurla son nom en s'accrochant à lui comme s'il était tout pour elle. Et en cet instant, peut-être l'était-il.

Lentement, il la déposa au sol, s'allongeant à côté d'elle. Elle avait beau savoir qu'ils devaient bouger, la seule chose dont elle était capable, c'était de rester étendue là, le souffle court.

Oh, oui. C'était bon.

— Salut, murmura-t-il en se calant sur un coude. Je suis content de te voir.

Elle éclata de rire, mais le son lui parut étranglé. Apparemment, il l'avait réduite à une créature alanguie, amorphe. Elle n'arrivait même plus à rire.

— Tout le plaisir est pour moi, parvint-elle à murmurer.

Au prix d'un gros effort, elle se redressa sur ses coudes, puis regarda autour d'elle.

— C'est la même suite ?

Il répondit en se levant, avec un sourire sournois.

— Elle nous a tellement porté chance la première fois.

— Imagine comme ce sera incroyable dans la même chambre *et* le même lit, dit-elle sur le ton de la plaisanterie.

— Je suis prêt si tu l'es.

Ses yeux s'écarquillèrent et elle baissa la tête.

Visiblement, il était très sérieux. Elle se mordit la lèvre inférieure et il haussa les épaules.

— Ça ne sert à rien de s'habiller pour discuter si c'est pour se déshabiller juste après.

Elle dut se retenir de rire.

— Je ne comprends vraiment pas ta logique, mais ça me plaît bien. Je te suis.

Récupérant le verre qu'il avait abandonné sur la table de chevet, Derek but une gorgée de vin. À deux, ils avaient vidé une bouteille en un temps record. Là encore, ils avaient soif après tout cet exercice. Leur seconde séance, en comptant celle du vestibule. Et elle comptait, à n'en pas douter.

Il s'autorisa un sourire satisfait, puis s'allongea sur le lit à côté d'Amanda, qui somnolait. Doucement, il passa le bout de ses doigts sur sa peau claire. Il aimait la voir frémir à son contact.

— Arrête, murmura-t-elle. Tu me chatouilles.

— C'est peut-être mon but. Peut-être que je veux te réveiller.

Elle se retourna en clignant des paupières.

— Pour que je te laisse tranquille ?

Ses mots lui firent l'effet d'un coup de pied dans le ventre.

— Tu peux rester aussi longtemps que tu le voudras. Je me disais seulement qu'une fois réveillée, tu pourrais vouloir te livrer à d'autres activités.

— Tu es insatiable.

— Et toi, tu as l'esprit mal placé, répliqua-t-il. Je parlais d'une conversation.

Il pencha la tête en direction du salon de la suite.

— Tu veux aller siroter du vin ? Parler ? Regarder un film ?

Pendant un instant, elle parut tentée. Puis elle secoua la tête.

— Je devrais sans doute...

Elle s'interrompit en s'asseyant dans le lit, ramenant le drap sur ses seins.

— En fait, j'ai une visite à neuf heures demain, et j'ai une tonne de choses à préparer avant, alors...

Il appuya le bout de ses doigts sur ses lèvres.

— Ça va. Tu ne me dois aucune explication.

Elle se sentit fondre et il crut déceler une supplication dans son regard.

— Vraiment.

Elle le dévisagea un moment, puis hocha la tête avant de sortir du lit. Il la regarda s'habiller, regrettant d'avoir prononcé un mot, car alors elle aurait pu s'endormir, et il aurait pu se réveiller avec elle dans ses bras.

Cela dit, elle aurait été en retard à sa réunion du lendemain. À supposer qu'elle ait effective-ment quelque chose de prévu. Il était tout aussi probable qu'il l'ait effrayée, et que maintenant, elle cherche à s'en aller.

Aucun problème. Elle pouvait s'enfuir. Pour l'instant.

Tant qu'elle revenait en courant la prochaine fois qu'il serait en ville.

Une fois qu'elle fut habillée, il se leva et remit son boxer avant de prendre le peignoir au logo de l'hôtel Winston, l'enfilant pendant qu'ils se diri-geaient vers la porte.

Elle marqua une pause, sa main sur la poignée.

— Je suis vraiment désolée.

— Mais non, voyons, répondit-il en s'ap-puyant contre le mur. Figure-toi que je reviens en ville dans environ un mois. Il se trouve que j'ai des affaires régulières à Austin.

Ce n'était pas un mensonge. Ses allers-retours allaient devenir plus fréquents.

— On pourrait se voir au feeling.

Il déglutit avant d'enchaîner :

— Ou prévoir des soirées ensemble. Dans cette chambre. Je peux t'envoyer les dates par texto dès que je les connais.

Bon Dieu, venait-il vraiment de proposer une chose pareille ? Il avait besoin de dormir plus. Ou peut-être de boire moins.

Elle ouvrit grand les yeux et il crut se perdre dans le scintillement doré de ces abysses d'un brun chatoyant.

— Cette chambre ? Comment peux-tu être sûr que tu auras toujours cette chambre ?

— Ah, c'est vrai. Tu te rappelles que tu m'as interrompu avant que je puisse te dire ce que je faisais dans la vie.

Elle hocha la tête.

— Eh bien, mon travail consiste plus ou moins à être un Winston.

— Recommence...

Il parvint à rester impassible.

— Je recommencerai avec plaisir si tu restes un peu plus longtemps.

Elle leva les yeux au plafond.

— Mais non, je veux dire, répète ce que tu as dit.

— Je m'appelle Derek Winston, dit-il en lui tendant la main. Et ma famille est propriétaire de cet hôtel.

— Oh. Oh.

Elle retira sa main pour enrouler nerveusement une mèche de cheveux autour de son doigt, comme si elle avait besoin de temps pour encaisser cette information.

— Et tu veux utiliser cette chambre comme lieu de baise.

— Attends, ce n'est pas comme ça que je voyais les choses, dit-il en levant une main.

— Non, non. J'ai compris.

Elle hocha lentement la tête, le front plissé en signe de réflexion.

Puis elle le surprit en s'avançant pour l'embrasser sur la joue.

— Tu sais quoi ? Cet accord me convient parfaitement.

CINQ

En septembre, le projet Winston Boutiques était au point mort. C'était d'autant plus frustrant que son père et le conseil d'administration semblaient s'en désintéresser.

— Je n'abandonnerai pas, dit-il à son père un vendredi après-midi, bien campé devant le bureau du vieil homme.

— Alors, persiste. Mais tu vas devoir le faire sur ton temps libre.

Derek hocha la tête, songeur. Il pouvait y arriver. Partir tous les week-ends. Organiser plus de réunions. Montrer aux acheteurs réticents qu'il comptait mettre en valeur la propriété, pas la détruire.

Et puis, s'il lui restait du temps, il pourrait voir Amanda.

Cette pensée l'arrêta net. En juillet, il prenait un verre au *Fix* avec son ami Landon, et Amanda avait attiré son attention. Depuis lors, cette femme était passée du statut de figurante muette dans le film de sa vie au premier rôle féminin.

Depuis qu'il l'avait rencontrée, il n'avait jamais eu envie d'une autre femme, et en y réfléchissant, il se rendait compte que ça ne le dérangeait pas vraiment. C'était la première fois qu'il rencontrait une femme qui l'excitait, l'amusait et le défiait autant.

C'était peut-être bizarre, étant donné qu'il en savait très peu sur elle en dehors de la chambre à coucher, mais pour Derek, c'était une promesse de plaisirs à venir.

Il acquiesça.

— Très bien, sur mon temps libre. Demain, on est samedi. Je vais y aller.

Il tourna les talons, mais son père le rappela.

— Il y a encore une chose dont il faudrait qu'on parle.

Derek s'arrêta près de la porte, les sourcils levés.

— Comme tu le sais, Lawrence passe à la

division européenne. Ce qui laisse vacant le poste de directeur des opérations nord-américaines. J'aimerais que tu le prennes.

— Je vois.

Le cœur de Derek battait la chamade. Ce poste était une grande responsabilité, mais c'était aussi beaucoup de travail. Et si son projet déjà mis à mal, Winston Boutiques, passait dans l'ombre de ce nouveau poste à temps plein, il n'aurait plus vraiment le loisir de s'y consacrer.

En plus de cela, le travail nécessitait des déplacements importants, des visites incessantes dans tous les hôtels Winston. Les visites faisaient partie des politiques que son arrière-grand-père avait mises en place quand l'entreprise avait dépassé le stade du premier hôtel, et pour tous les Winston, c'était une règle sacro-sainte.

Un travail fastidieux, mais essentiel.

Voilà qui l'emmènerait à Austin au moins une fois par mois. Peut-être plus.

Il cligna des yeux, puis secoua la tête pour chasser cette pensée.

Ni Amanda Franklin ni sa libido ne devaient entrer en ligne de compte pour cette décision.

Toutefois...

— Je l'accepte, déclara-t-il, aussitôt récompensé par un éclat de fierté dans les yeux de son père.

— Merci pour le dîner, maman, dit Amanda avant de commencer à débarrasser la table. Délicieux, comme d'habitude.

Sa mère faisait les meilleures lasagnes du monde.

— Ça peut attendre, ma chérie, dit-elle en désignant l'évier. Tu nous rejoins dans le salon ?

— Non, ça va. Je finis ça, puis je descendrai au bord de l'eau.

Elle essayait de conserver une voix normale, mais en vérité, elle était nerveuse. Elle était arrivée quelques heures plus tôt pour le dîner du vendredi avec ses parents et Nolan, son demi-frère. Pendant que sa mère cuisinait et que son père et son frère regardaient la chaîne des sports, elle était restée dans le salon pour consulter ses e-mails.

Ce fut à ce moment-là qu'elle avait reçu le message de Derek, lui annonçant qu'il serait à Austin samedi et lui demandant si elle voulait le rejoindre pour prendre le petit-déjeuner dans leur chambre.

Elle avait spontanément écrit « oui », puis hésité avant de l'envoyer. Inutile de paraître trop impatiente, après tout. D'autant plus qu'ils ne sortaient pas vraiment ensemble.

C'était la nature de leur relation qui la tourmentait à présent, et elle était contente de pouvoir s'adonner à une tâche abrutissante, comme le débarrassage de table. Elle aurait aimé remplir le lave-vaisselle toute seule, mais Nolan vint lui proposer son aide, et c'était trop rare pour qu'elle refuse.

Ils terminèrent en silence, même si elle avait l'étrange impression qu'il avait quelque chose à lui demander. Pourtant, quand ils eurent fini, il retourna au salon auprès de leurs parents.

Elle opta pour un verre de vin et descendit s'asseoir sur le ponton, les pieds dans l'eau, à se demander quelle direction prenait sa relation avec Derek.

— Bon, que se passe-t-il ?

Amanda sursauta et se retourna pour voir Nolan sur la pelouse, au bout du quai.

— Rien, je profite de la soirée.

— Hmm.

Il s'avança sur les planches et s'assit à côté d'elle.

— Alors, qui est ton nouveau petit ami ?

Elle se renfrogna. Nolan avait toujours eu l'âme d'un comédien. Il animait une émission de radio le matin. Comme son humour était souvent en dessous de la ceinture, beaucoup le dénigraient. Mais pas Amanda. Nolan était bourré de talents. Et il était doué en psychologie humaine. Un peu trop, apparemment.

— Le texto que tu as reçu. Il y avait clairement un gars à l'autre bout.

— Ce n'était pas mon petit ami. Juste un type que je vois de temps en temps.

— Un plan cul ?

Elle fit la grimace. C'était peut-être vrai, mais ça paraissait tellement vulgaire, présenté comme ça.

— On se voit, on sort un peu.

Elle fit une pause. En réalité, ils ne sortaient pas. Ils restaient à l'intérieur. Mais Nolan n'avait pas besoin de connaître ce détail.

— On profite de la compagnie l'un de l'autre.

— En baisant comme des sauvages ?

— Nolan !

Il éclata de rire.

— C'est ce que je dis. Un plan cul.

— Peu importe.

— Ça dure depuis longtemps ?

— Il habite à Dallas. On se voit quand il vient en ville.

— Je te pose encore la question. Depuis combien de temps ?

— Eh bien, on s'est rencontrés en juillet. Mais demain, ce ne sera que notre troisième rendez-vous.

— Hmm.

Elle n'appréciait pas beaucoup son intonation.

— Quoi ?

— Tu veux dire que tu ne l'aimes pas ?

Elle écarquilla les yeux.

— Pas du tout. Il est génial.

Plus que ça, pour être honnête.

— Alors, pourquoi évites-tu absolument de sortir avec lui ?

— La ferme, dit-elle.

Elle avait horreur que son frère ait raison.

— Et d'abord, en quoi ça te concerne ?

— Je t'ai vue après ton dernier rendez-vous mystérieux, tu te souviens ? Il y a environ un mois au *Fix* ?

Elle acquiesça. C'était le soir où Derek lui avait proposé une nuit ensemble. Le soir où il l'avait invitée à rester. Cette invitation lui avait fait peur et elle avait détalé. Pourtant, ça lui avait fait chaud au cœur, la réchauffant plus qu'elle ne l'aurait cru... et c'était terriblement troublant.

Elle avait quitté sa chambre d'hôtel, parcouru quelques pâtés de maisons jusqu'au *Fix* et descendu deux Margaritas Jalapeño d'affilée. Ça l'avait aidée à se détendre un peu. Puis elle était restée avec ses amis jusqu'à la fermeture, à rire et à plaisanter, savourant ses souvenirs de la soirée avec Derek dans un bien-être post-coïtal.

— Et alors ? demanda-t-elle.

— Tu étais radieuse, ce soir-là. Un peu déphasée aussi, mais surtout heureuse. Je me demande pourquoi tu tiens à garder tes distances, si tu apprécies ce gars.

— Tu es mal placé pour parler. On ne peut pas dire que tu sois un expert en relations de couple.

— Peut-être, mais il ne s'agit pas de moi, là.

Elle leva les yeux au ciel.

— D'accord. Et qu'est-ce qui te fait penser que c'est à cause de moi ? C'est peut-être lui.

— C'est le cas ?

Elle y réfléchit, mais à vrai dire, elle n'en était pas sûre. Respectait-il ses limites ou imposait-il les siennes ? De toute façon, quelle importance ?

— Bon sang, Nolan, tu m'embrouilles. On s'amuse, c'est tout. Laisse tomber.

Il hésita, puis hocha la tête.

— D'accord.

Abandonnant ses sandales, il s'assit sur le ponton à côté d'elle. Pendant une minute, ils se contentèrent de tremper leurs pieds dans l'eau. Il avait envie d'en dire plus, elle le sentait. Mais il garda le silence et elle lui en fut reconnaissante.

Après une minute, elle se pencha et lui donna un coup d'épaule.

— Merci.

— Pourquoi ?

— Parce que tu te fais du souci pour moi. En tant que frère, tu n'es pas trop mal.

Il rit, puis passa son bras autour d'elle.

— Je te renvoie le compliment, frangine.

Il l'avait détruite, pensa Amanda alors que son corps se rassemblait lentement, chaque cellule crépitant encore sous les flammes d'un orgasme spectaculaire.

— Waouh, souffla-t-elle, même si ce simple mot semblait beaucoup trop difficile à formuler pour son cerveau confus.

— Tu l'as dit.

Tout sourire, elle tourna la tête pour voir Derek allongé à côté d'elle, calé sur un coude. De sa main libre, il décrivait des cercles langoureux sur sa poitrine, répondant à son sourire par une mine satisfaite.

— Tu places la barre assez haut, tu sais, le taquina-t-elle. Comment vas-tu te surpasser la prochaine fois ?

Son immense sourire éclaira son visage.

— Je suis sûr que je trouverai un moyen.

Il pinça doucement son mamelon entre deux doigts et elle prit une vive inspiration. Son corps s'embrasait à nouveau.

— Je suis très heureux de savoir qu'il y a une prochaine fois à l'ordre du jour.

— Oh.

Elle se mordit la lèvre inférieure. D'un côté, elle aurait voulu prendre ses distances, mais de l'autre, elle ne voulait pas qu'il cesse de la toucher.

— Amanda ?

Qu'est-ce qui n'allait pas chez elle ? Ce n'était pas parce qu'on évoquait l'avenir qu'il fallait en déduire une proposition de mariage.

— Désolée. Tu me déconcentres. Oui, évidemment, il y aura une prochaine fois, dit-elle avec un sourire affectueux. Après tout, c'est devenu un plan cul régulier, il me semble.

Elle se pencha pour l'embrasser.

— Je devrais sans doute y aller. Si tu es ici un samedi, c'est que tu as du travail, et je…

Elle s'interrompit lorsqu'il lui prit la main et l'attira à lui.

— Oui, en fait. Mais c'est un travail pour lequel tu peux m'aider.

— Ah, répondit-elle en fronçant les sourcils.

Quand il lui avait dit qu'il était un Winston, elle avait tout de suite pensé que c'était exactement le genre de contact qu'elle rêvait d'entretenir. Quelqu'un avec de l'argent et des relations, capable de remettre sa carrière sur les rails. Parce qu'elle avait sérieusement déraillé quand elle était avec Léo.

Avant Léo, elle était sur la voie rapide pour obtenir non seulement son permis de courtière en immobilier, mais également son certificat de spécialiste internationale. L'un des courtiers de son bureau, Zeke, lui avait proposé de la parrainer et de lui transmettre son portefeuille de clients nationaux et internationaux lorsqu'il prendrait sa retraite, plus tard dans l'année. En plus, l'agence allait prendre en charge tous les cours requis pour la certification internationale.

Mais Léo était entré dans le tableau et Zeke s'était mis en tête qu'elle serait plus concentrée sur sa relation que sur son travail. Ça l'avait agacée, bien sûr, mais elle avait tenu sa langue. Après tout, elle vivait une relation merveilleuse, et quel mal y avait-il à ce que sa carrière progresse un peu plus lentement qu'elle ne l'escomptait ?

Elle avait été idiote, bien sûr. Idiote de supporter que Zeke la punisse d'avoir une vie. Et la pire des idiotes d'avoir cru tout ce que Léo lui disait.

Quand elle s'était enfin relevée après que le sol se fut dérobé sous ses pieds, Zeke avait pris sa retraite, avait remis son portefeuille à l'un des hommes célibataires du bureau (le salaud !), et Léo était parti depuis longtemps.

Plus jamais ça.

Plus jamais elle ne se laisserait aller aussi

bêtement. Elle avait trop à perdre et elle avait appris sa leçon avec Léo, lorsqu'elle avait sacrifié son incroyable potentiel de carrière pour un gars qui ne lui correspondait même pas.

— Eh, fit Derek en passant le doigt sous son menton, inclinant sa tête pour qu'elle le regarde. Je t'ai perdue ?

— Excuse-moi. C'est sûrement bête.

Elle attendit, mais comme il ne disait rien, elle poursuivit :

— Seulement, tu dois savoir que tu représentes le rêve de tout agent immobilier. Et quand tu m'as dit qui tu étais, eh bien, je ne voulais pas franchir une certaine limite.

Elle écouta ses propres paroles, étonnée par leur véracité. Parce qu'en ce qui concernait les hommes, elle n'avait jamais érigé ce genre de barrière. Pourquoi maintenant ? Pourquoi avec lui ?

Parce que c'est plus qu'un plan cul ?

Elle chassa cette pensée. Elle n'avait ni besoin ni envie d'une relation. Ce qu'ils partageaient, c'était un bon moment et des ébats torrides. Elle appréciait cela. Beaucoup. Y mêler le travail risquait de détruire cette belle dynamique. Voilà tout.

— Si tu ne préfères pas, je comprends. Mais j'aimerais vraiment l'avis de quelqu'un qui connaisse le marché immobilier à Austin. C'est une propriété commerciale, mais en l'occurrence, c'est sans importance.

— En l'occurrence ?

Son sourire était espiègle et elle avait la nette impression qu'il essayait de la rallier à sa cause.

— Oui, la question sur laquelle j'aimerais avoir ton avis.

Elle leva les yeux au ciel.

— Bon, tu as gagné. Nous allons passer ce beau samedi à travailler.

Il ricana, manifestement content de lui.

— Je pensais qu'on pourrait aussi profiter de la journée. À Austin en septembre, il fait une température idéale. On pourrait se promener, prendre le soleil et faire un peu d'exercice...

— De l'exercice ?

Elle se glissa hors du lit, puis commença à rassembler ses vêtements.

— Je pense qu'on vient de faire une sacrée séance de sport. Quant au soleil, il y a toujours la vitamine D.

— Très drôle.

Il sortit du lit à son tour et la rejoignit pour

l'envelopper dans ses bras, son corps nu contre le sien. Elle se sentait brûler comme une fournaise et elle soupira de plaisir alors que sa chaleur se propageait en elle.

— Ça te dirait de prendre une douche avant de sortir d'ici ? Je peux te frotter le dos, murmura-t-il alors que sa main dérivait pour prendre son sexe en coupe. Je m'occuperai de tout le reste, aussi.

Un gémissement franchit ses lèvres et elle acquiesça.

— Marché conclu, Monsieur.

SIX

— C'est tout à fait charmant, déclara Amanda devant le South Congress Motor Inn. Enfin, ce sera formidable après les rénovations. En attendant, la structure est en parfait état.

Elle se tourna vers lui avec un sourire radieux.

— Tu ne pouvais pas faire un meilleur choix.

Il lui serra la main, terriblement fier d'avoir son approbation.

— Merci.

— J'ai vécu à Austin toute ma vie et je l'avais à peine regardé. Quand comptes-tu commencer les rénovations ? Et d'ailleurs, que penses-tu faire ?

Une à une, les petites bulles de joie qui flottaient en lui commencèrent à éclater.

— En fait, c'est pour ça que je voulais t'y amener aujourd'hui. Je dois trouver un plan.

Ils traversèrent la rue, où des fourgons-restaurants s'étaient installés récemment, et s'assirent à une table pour déguster les meilleures poitrines de bœuf de la planète. Pendant qu'ils mangeaient leur viande et leur salade de chou, il lui exposa ses projets pour Winston Boutiques... ainsi que la situation délicate dans laquelle il se trouvait actuellement.

— Si je comprends bien, tu veux ouvrir une autre branche de votre chaîne hôtelière. Ce ne seraient pas de grands hôtels luxueux, mais des endroits plus familiaux et chaleureux. Tout en restant dans le haut de gamme.

— Exactement.

— Je trouve ça génial.

— Moi aussi, dit-il. Le conseil d'administration était prêt à examiner mon plan, au moins jusqu'à ce que je rencontre un problème. Les propriétaires souhaitaient vendre initialement, mais maintenant, ils rechignent.

— Alors, le conseil d'administration de Winston Corporation te bloque parce que tu ne seras peut-être pas en mesure d'acquérir ce motel-ci ? C'est bête. Il y a des dizaines de motels mignons et rétro en ville. Et dans tout le Texas, n'en parlons pas.

— Ce n'est pas faux, mais cela ne dépend pas non plus de moi.

Elle recula dans son siège avec un grognement dépité qui lui fit chaud au cœur. Il lui suffisait de savoir qu'elle était de son côté.

— Peut-être que tu devrais le faire toi-même, dit-elle. Envoie balader la mentalité des grandes entreprises, suis les traces de ton grand-père et monte ton propre hôtel.

— Arrière-grand-père. Et c'est un peu trop compliqué pour se lancer comme ça. Mais j'apprécie ton encouragement.

Elle fit une moue boudeuse, comme si elle s'apprêtait à protester, puis elle poussa un soupir éloquent.

— D'accord, je comprends. Bon, comment suis-je censée t'aider ?

Comme elle avait fini de manger, il tendit la main et ramassa ses déchets, puis les jeta avec les siens dans une poubelle au bout de leur table.

— Tu veux te balader ? Je vais t'expliquer pendant qu'on fera du lèche-vitrines.

Ils se trouvaient à l'extrémité sud de la zone commerciale SoCo, un tronçon de South Congress Avenue à moins de deux kilomètres après le fleuve. À présent, ils se dirigeaient vers le nord, le long de la rue charmante bordée de boutiques hautes en couleur. Il y avait de tout, des costumes jusqu'aux bonbons en passant par des œuvres d'art originales et des bottes de cow-boy. À l'horizon, le Capitole se profilait de l'autre côté du fleuve. Une longue marche, mais rien d'impossible pourvu que l'on soit motivé.

Mais aujourd'hui, Derek ne l'était pas. Il voulait seulement se promener tranquillement avec Amanda, partager son histoire et parler de tout et de rien.

— D'accord, alors dis-moi, insista-t-elle.

— Les propriétaires gèrent cet hôtel depuis qu'ils ont vingt ans, commença-t-il. Et ils ont tous les deux la soixantaine maintenant.

— Des enfants ?

— Non.

Elle fit une pause, et pendant un moment, il crut qu'elle admirait les adorables photos de chats dans la vitrine.

— Je pense que tu te trompes. Pas d'enfants

humains, peut-être, mais après tant de temps, ce motel est leur bébé.

— Je sais. C'est tout le problème.

— Qu'est-ce que tu as fait ? Une offre plus généreuse ?

— Oui, et nous leur avons expliqué le concept de l'auberge de luxe.

— Hmm. Ils refusent toujours ?

Il hocha la tête, même si la question était manifestement rhétorique.

— Le fait est qu'ils ne savent pas si cette histoire, c'est *Mary Poppins* ou *La Main sur le berceau*, dit-elle.

— Quoi ?

— Bon, ce n'est peut-être pas la meilleure image, mais dans un cas, la nounou s'empresse de mettre de la magie partout, et dans l'autre, elle sème la mort. Comment savoir ? Tu as vu *La Main* ? Rebecca De Mornay a l'air parfaitement saine d'esprit, normale et même super, mais en réalité, c'est une folle à lier.

— Je vais devoir regarder ce film, répondit-il alors qu'ils reprenaient leur promenade. Mais en quoi ça s'applique à moi ?

— Propose-leur quelque chose de concret. Je connais une femme qui fait des travaux de rénovation. Elle m'a aidée sur certaines de mes propriétés qui avaient besoin de quelques travaux avant leur mise sur le marché. Elle pourrait dessiner quelque chose, peut-être. Ou alors, fais le tour du propriétaire avec eux et explique-leur ce que tu as en tête. Ce serait mieux.

Son intonation était songeuse, comme si elle envisageait les différentes possibilités tout en marchant.

— Il faut que ce soit plus personnel, tu sais.

Il l'arrêta à côté de lui.

— Tu ferais ça ?

— Bien sûr.

— Ce serait fabuleux.

Et pas seulement parce qu'il avait besoin d'aide. Non, la vérité, c'était qu'il aimait l'idée que leurs vies s'entrelacent de plus en plus. Il ne doutait plus qu'il avait cette fille dans la peau, et il ne savait toujours pas où ils allaient. Mais il était certain d'apprécier le voyage.

— Elle s'appelle Brooke Hamlin. Tu veux que j'organise une réunion ?

— Avec plaisir.

Puis il lui vola un baiser rapide avant qu'elle ne puisse protester parce qu'ils étaient dans un lieu public.

— Ce serait génial, ajouta-t-il.

— Amanda !

Avec un sourire parfait, Brooke Hamlin fit entrer Amanda et Derek dans le bureau récemment rénové qui dominait son petit jardin. Grande et voluptueuse, avec des cheveux blonds plus foncés que ceux d'Amanda d'au moins deux teintes, Brooke était le genre de femme digne de figurer sur la couverture du magazine *Sports Illustrated* spécial maillots de bain.

Aujourd'hui, elle s'était fait une queue de cheval à la hâte, elle avait une tache de peinture sur la joue et elle portait un jean éclaboussé et un débardeur du festival SXSW.

— Merci beaucoup de nous accueillir, répondit Amanda. Je te présente Derek Winston.

— Ravi de vous rencontrer, fit Derek alors qu'ils se serraient la main. Comme l'a dit Amanda, je vous remercie d'avoir pris le temps de nous recevoir.

— Aucun problème. Je suis en train de retaper une commode, derrière le bureau, alors excusez-moi pour cette tenue qui manque franchement de professionnalisme.

— Eh bien, c'est samedi, fit remarquer Derek.

— C'est vrai, mais mon entreprise est encore assez récente et je suis toujours à la recherche de nouveaux clients, chaque fois qu'ils se présentent. Ou des clients potentiels, du moins, ajouta-t-elle avec un sourire. En tout cas, je prendrai toujours le temps d'aider une amie. Alors, Amanda m'a dit que vous étiez l'un de ses clients et que vous aviez un problème avec un certain accord commercial ?

Derek jeta un rapide coup d'œil à Amanda avant de regarder Brooke.

— C'est vrai.

Amanda expira. Elle avait trouvé une excuse à l'improviste, prétextant que Derek était un client. Parce que sa vie amoureuse ne regardait personne, pas même ses amies.

Ou plutôt, sa vie sexuelle. Ils ne sortaient pas ensemble. Il y avait une grande différence entre les deux notions.

Elle sursauta en voyant que Brooke la fixait du regard.

— Pardon. Quoi ?

— Je vous proposais de venir à la table. J'ai quelques idées.

Le petit bureau était occupé en grande partie par une longue table en chêne avec un ordinateur à une extrémité, un immense moniteur monté sur le mur au-dessus et un méli-mélo de plans, de classeurs d'échantillons et de brochures éparpillés sur la table.

— J'ai réfléchi depuis que tu as appelé, déclara Brooke. Regarde.

Elle s'assit devant son ordinateur, mais désigna l'écran au mur.

— Je viens de faire installer ça. Pas mal, non ?

Amanda ne pouvait qu'acquiescer. Le moniteur s'alluma, leur offrant aussitôt une photo du motel.

— Comme je n'avais aucun de vos plans, dit-elle à Derek, je me suis un peu lâchée.

La diapositive suivante montrait le même établissement, rénové et modernisé tout en conservant une touche rétro.

— C'est encore brouillon, dit Brooke.

Mais Amanda trouvait cela parfait.

— J'ai trouvé quelques images de l'intérieur en ligne. Ici... et ici...

Elle appuya sur plusieurs touches et le même

montage avant/après apparut pour le hall d'entrée ainsi qu'une chambre.

— Je n'ai pas eu le temps de faire des maquettes pour l'aménagement paysager, mais j'ai trouvé une propriété avec un exemple qui fonctionnerait très bien, je pense.

Elle afficha l'image en question.

— J'ai aussi trouvé une entreprise qui se spécialise dans la copie de vieilles enseignes. Comme ça, vous pouvez conserver l'apparence de l'ancienne et la mettre à jour avec le logo Winston.

Elle se redressa.

— Voilà, c'est à peu près ce que j'ai eu le temps de faire, mais...

Amanda fut incapable de retenir un éclat de rire.

— Quoi ?

— On t'a appelée il y a à peine trente minutes.

Les joues de Brooke rosirent.

— En fait, ça m'a intriguée. Et une fois que j'ai commencé, je n'ai pas pu m'arrêter.

— C'est génial, lui assura Amanda. N'est-ce pas ?

Derek hocha la tête, manifestement

abasourdi.

— Plus que génial. C'est incroyable. J'aimerais vous embaucher pour venir avec moi à la réunion. Une fois que tout sera organisé, nous pourrions élaborer une proposition vidéo, peut-être.

— Utiliser un logiciel de simulation pour montrer la transformation ? Oui, pourquoi pas ?

Ils échangèrent leurs numéros en se promettant de garder le contact, et Amanda se détendit, remplie de fierté.

— Quoi ? fit Derek une fois qu'ils furent de retour dans la voiture.

— Je ne sais pas. En temps normal, je suis au centre des accords. C'était amusant de vous voir travailler tous les deux.

— Elle a du talent.

— Oui, vraiment, reconnut Amanda.

Il se pencha vers le siège passager et l'embrassa.

— Toi aussi.

— Arrête, le réprimanda-t-elle. Elle pourrait nous voir.

— Ce serait si terrible ?

Amanda haussa les épaules. Elle ne savait pas quoi répondre à cela.

— Elle comprendrait que j'ai menti. Je lui ai dit que tu n'étais qu'un client. Alors que c'était aussi un mensonge.

— Pas forcément.

Son intonation était passée de taquine à sérieuse, et elle le regarda alors qu'il se concentrait pour reculer dans l'allée. Une fois qu'ils furent de retour sur Riverside Drive, elle lui demanda ce qu'il voulait dire.

— Je veux acheter un appartement. Et j'ai besoin d'un agent immobilier capable de faire les recherches à ma place quand je ne suis pas là. Figure-toi que j'ai une personne en tête, et je n'imagine personne d'autre.

— Sérieusement ? Ici ?

— C'est ton marché, non ?

— Oui, bien sûr. Mais pourquoi ? Tu emménages en ville ?

Il secoua la tête, et même si Amanda savait qu'elle aurait dû être soulagée, elle éprouva une petite pointe de déception.

— Puisque mon projet de département est peut-être foutu, je prends la relève en tant que directeur des opérations nord-américaines.

— Waouh, ça a l'air important.

Il sourit.

— Ce n'est pas trop mal. Mais ça implique beaucoup de déplacements. J'ai déjà un pied à terre à Dallas, Los Angeles, New York et Chicago. J'en veux un ici aussi. La chambre d'hôtel appartient à l'entreprise, je ne peux pas y laisser d'affaires personnelles.

Elle hocha la tête. Ce devait être bien agréable de posséder un appartement partout où l'on en avait besoin.

— Je t'aiderai avec plaisir.

Elle le pensait. Si elle avait craint que ce soit bizarre de tendre la perche, c'était finalement Derek qui lui offrait du travail sur un plateau.

— Je me disais que tu pourrais faire un premier tri et me présenter tes propositions. J'envisage deux chambres et deux salles de bain. Si je ne le garde pas, c'est toujours mieux qu'un studio pour la revente.

— Ça marche. Quel budget ?

— Je ne suis pas un spécialiste du marché à Austin, mais je pense qu'un plafond de trois millions devrait suffire ?

— Je peux te trouver quelque chose d'exceptionnel pour ce prix. Et même beaucoup moins si on garde l'œil ouvert.

— D'accord. Surveille le marché, et moi, c'est

toi que je vais surveiller.

Elle se surprit à sourire.

— C'est un projet qui pourrait me plaire.

Avec un soupir, elle s'adossa dans son siège et profita du trajet. Ils avaient décidé de passer le reste de la journée à se promener au jardin botanique et ils arrivèrent au parc Zilker en un rien de temps. Bientôt, ils flânaient dans la verdure. Lorsque Derek lui prit la main, Amanda ne protesta pas.

Mais elle se mit à penser à ces autres villes. Ces autres appartements. Et alors qu'ils approchaient du jardin japonais, elle retira sa main pour la glisser dans sa poche.

— Alors comme ça, tu as déjà des appartements un peu partout ? Comment ça se fait ? Tu viens tout juste de décrocher ce nouveau poste de responsable pour toute l'Amérique du Nord, non ?

Il la regarda, mais elle était incapable de voir ses yeux derrière ses lunettes de soleil.

— Mon travail a toujours demandé beaucoup de déplacements. Mais je ne possède pas réellement tous les appartements. Celui de Chicago appartient à ma mère, même si elle n'est jamais là. On le partage, Mellie et moi.

C'était sans doute un membre de sa famille, pourtant le démon de la jalousie la poussa à demander, au risque de paraître ridicule :

— Qui est Mellie ?

La bouche de Derek frémit et elle fut convaincue qu'il avait lu dans ses pensées.

— Ma sœur.

— Oh.

Elle allait vraiment devoir faire des recherches sur Google à son sujet.

— Autre chose que tu aimerais me demander ?

— Non. Oui.

Merde.

— Je me demandais simplement s'il y avait d'autres filles comme moi. Je veux dire, combien de villes ont des hôtels Winston avec des chambres réservées à la direction ?

Avait-elle vraiment dit ça ? Bon sang, si elle le pouvait, elle ferait tomber ce fichu démon au sol et l'écraserait sous le talon de sa basket.

— Ah, la réponse serait à peu près tous les hôtels.

Elle déglutit.

— Ils ont tous des chambres à usage professionnel.

Il lui prit la main et l'attira à l'ombre.

— Mais il n'y a pas d'autres femmes. Pas dans les chambres d'hôtel, ni dans mes appartements, ni ailleurs.

— Oh.

Un soulagement insensé l'envahit.

— D'accord. J'étais juste curieuse.

— Curieuse ? Ou jalouse ?

Elle s'humecta les lèvres et se concentra attentivement sur le motif floral de ses chaussures.

— Peut-être un peu les deux.

— Intéressant.

Quand elle leva les yeux, il souriait.

— Tu sais ce qu'on devrait faire, d'après moi ? demanda-t-il.

— Quoi ?

Il se pencha en avant et chuchota quelques mots, sa bouche si proche que ses lèvres effleurèrent son oreille, la faisant frissonner.

— Je pense qu'on devrait retourner à l'hôtel pour que je puisse te prouver que tu n'as absolument aucune raison d'être jalouse.

Soufflée net par ses paroles, elle hocha la tête.

— Oui, dit-elle enfin. C'est une excellente idée.

SEPT

Quelque chose bougea sous son corps et Amanda se redressa, haletante et troublée. Elle n'avait aucun souvenir de ce dont elle avait rêvé, mais elle comprenait ce qui l'avait réveillée. Derek s'était retourné et sa tête avait dû glisser de sa poitrine sur le matelas.

Elle s'autorisa un sourire satisfait en se remémorant la façon dont il l'avait embrassée sur tout le corps, la laissant brûlante et frémissante. Et quand il avait déplacé ses baisers entre ses cuisses, persévérant jusqu'à ce qu'elle ait joui à trois reprises, ce n'étaient plus de simples frémissements qui l'avaient terrassée.

Il avait refusé qu'elle lui rende la pareille. Au lieu de quoi, il l'avait attirée dans ses bras et elle s'était endormie contre lui. Maintenant, cependant, il était temps de revenir à la réalité.

Dans un souffle, elle s'efforça de se secouer, chassant son engourdissement. Elle passa la main dans ses cheveux, aperçut le réveil et soupira.

Vingt-deux heures passées.

D'un côté, elle avait envie de se blottir sous les couvertures et de s'endormir. Mais d'un autre, le côté toujours raisonnable qui se rappelait très bien son engagement à vivre sans attaches émotionnelles, elle sentait qu'elle devait quitter ce lit et rentrer chez elle.

Maudite voix de la raison...

Elle se traîna jusqu'à la salle de bain, rassemblant tranquillement ses vêtements éparpillés en chemin, prêtant attention à ne pas déranger Derek qui semblait parti pour un sommeil d'une année au moins. Elle attendit d'être à l'intérieur de la petite pièce pour allumer et s'habiller.

Quelques minutes plus tard, elle jeta un rapide coup d'œil à Derek, puis sortit de la chambre sur la pointe des pieds. La porte se referma dans un cliquetis discret et elle grimaça, espérant ne pas le réveiller. Elle savait qu'il était fatigué. D'ailleurs, elle l'était aussi pour la même raison.

Cette pensée la fit sourire et elle se précipita vers l'ascenseur, s'appuyant contre le mur jusqu'à ce que les portes coulissent et qu'elle puisse sortir dans le hall. Ses baskets ne faisaient aucun bruit sur le carrelage. La tête baissée, elle fut surprise d'entendre une voix grave l'appeler :

— Amanda ?

Elle se tourna pour découvrir Easton Wallace, grand et bien bâti, qui se levait d'un fauteuil en cuir rembourré au bar de l'hôtel.

— Easton !

Elle s'empressa de le rejoindre, acceptant son étreinte chaleureuse.

— Ça fait des mois que je ne t'ai pas vu. Qu'est-ce que tu deviens ?

— J'étais à Los Angeles pendant un moment. J'ai vu Jenna, là-bas. Un tas de dépositions et des documents à la pelle.

Il secoua la tête comme un chien chassant ses puces.

— Heureusement, c'est fini.

— Qu'est-ce que tu fais ici tout seul ?

— J'étais avec une fille, mais elle a été appelée en urgence au travail. Elle est chirurgienne, ajouta-t-il en réponse à son regard interrogateur.

Elle jeta un coup d'œil aux deux verres sur la table où il était assis.

— Scotch pour moi, jus de cranberries pour elle, dit-il en riant, indiquant la chaise abandonnée. On venait de commander du guacamole et des crackers. Tu veux te joindre à moi, qu'on rattrape un peu le temps perdu ? Je peux te commander autre chose que son reste de jus de fruits.

Elle hésita. Étrangement, elle se sentait coupable de s'asseoir avec un autre homme pendant que Derek dormait à l'étage. Surtout Easton. Non qu'il y ait une quelconque ambiguïté entre eux maintenant, mais ils étaient sortis ensemble, quelques mois auparavant. Cela dit, ce n'était pas une relation sérieuse – aucune des relations d'Amanda ne l'était – et ils étaient devenus bons amis. Sans compter qu'Easton lui envoyait régulièrement de nouveaux clients.

Jenna était sûrement convaincue qu'ils avaient couché ensemble, et Amanda n'avait jamais pris la peine de la détromper. Son amie croyait qu'elle souffrait encore après Léo et qu'elle fréquentait d'autres hommes afin de guérir ses blessures. Jenna avait probablement raison, même si Amanda ne l'admettrait jamais de vive voix.

— Alors, qu'est-ce que tu fais ici ? demanda Easton une fois que le serveur eut apporté les crackers et qu'il lui eut commandé un verre. Un rendez-vous coquin ?

— Je rendais visite à un ami, répondit-elle, impassible.

— Hmm. Laisse-moi deviner, tu as jeté ton dévolu sur un nouveau mec et tu t'apprêtes à le convaincre d'acheter une propriété d'un million de dollars.

— Espèce de con.

Elle l'avait insulté sur le ton de la plaisanterie et elle savait qu'il n'était pas plus sérieux, mais il s'approchait un peu trop de la vérité. En effet, elle allait trouver un appartement à Derek, et il s'avérait qu'elle couchait avec lui. Ce n'était pas à cette fin qu'elle avait accepté leur première soirée ensemble, bien sûr, mais maintenant...

— Je blague.

Il leva les mains en signe de capitulation.

— Changeons de sujet, dit-elle. Comment va Jenna ?

D'après leurs dernières conversations,

Amanda sentait que Jenna se languissait du Texas.

— Elle n'a pas l'air emballée par son travail. Je ne pense pas qu'elle s'attendait à ça. Mais je suis sûr qu'elle va rebondir.

Amanda soupira en hochant la tête, puis ils continuèrent dans cette veine pendant un moment, discutant amis communs, cinéma et autres sujets divers. Quand Amanda eut fini son verre, elle le reposa et commença à se lever.

— C'était très sympa de discuter, mais je vais y aller. Je dois...

Derek.

Il était là, dans le hall d'entrée, les yeux fixés sur elle, la mine indéchiffrable.

Elle sentit son estomac se retourner, soudain nauséeuse.

— Je...

Mais elle n'était plus capable de parler.

— Amanda ?

Easton se leva, et comme elle ne bougeait pas, il se tourna pour regarder dans la même direction. Une seconde plus tard, il revint à Amanda.

— Qui est-ce ?

La question ramena Amanda à l'instant présent.

— Je suis désolée. Je dois y aller.

Elle saisit son sac et s'élança vers Derek, mais il la vit arriver et se dirigea délibérément vers l'ascenseur. Elle n'était qu'à quelques mètres de lui quand il franchit les portes avant de se retourner.

Elle allait le suivre dans l'ascenseur, mais il tendit la main, la paume en avant, formant une barrière virtuelle entre eux.

— Derek, ce n'est pas...

Elle n'eut pas l'occasion de terminer. Les portes se refermèrent. Il avait disparu.

Elle déglutit péniblement. Il se comportait comme un abruti, car elle n'avait rien fait de mal. Après tout, elle parlait simplement avec un ami.

Et puis, ils n'avaient échangé aucun engagement, aucune promesse.

Certes.

Alors, pourquoi se sentait-elle aussi coupable ?

Elle était incapable de trouver le sommeil. À une heure du matin, elle finit par céder et attrapa son téléphone avec l'intention de lui envoyer un texto.

Quand elle ouvrit l'application, elle constata qu'il y avait déjà un message en attente – plusieurs, en réalité, car le téléphone était passé en mode avion après vingt-trois heures, selon ses paramètres.

Derek : Je suis désolé. J'aurais dû rester et parler. J'ai déconné. Dis-moi si tu as besoin de plus d'excuses.

Derek : La peste soit de mon âme.

Derek : Puissent les puces de dix mille chameaux infester mes aisselles.

Les larmes montèrent aux yeux d'Amanda, mais c'étaient de bonnes larmes. Le soulagement et le rire s'exprimèrent pêle-mêle.

Amanda : J'hésite à te répondre ou à attendre de lire la suite.

Derek : J'allais me lancer dans les dix plaies d'Égypte. Épargne-moi ça.

Amanda : Je suis désolée, moi aussi.

Derek : Pas besoin. Tu n'as rien fait. (Si ?)

Derek : Oublie. Nous n'avons jamais parlé d'exclusivité. Ça ne me regarde pas.

Amanda saisit sa réponse – *c'est ce que tu voudrais ?* – avant de l'effacer, redoutant de céder à l'envie de l'envoyer.

Amanda : J'ai croisé un ancien ami. Sa copine

lui avait faussé compagnie, alors on a pris des nouvelles l'un de l'autre.

Derek : (pfiou, soulagement)

Amanda : Alors, tout va bien ?

Elle grimaça dès l'instant où elle appuya sur *envoi*. Elle avait peur de paraître en manque d'affection. Mais elle ne pouvait pas revenir en arrière. Dommage qu'elle n'ait pas vécu à une autre époque. Avec un courrier, elle aurait pu courir jusqu'à la boîte aux lettres et récupérer l'enveloppe.

Évidemment que tout allait bien. C'était d'ailleurs l'objectif d'une conversation par textos.

Mais alors, si tout allait bien, pourquoi ne répondait-il pas ?

Les sourcils froncés, elle ferma l'application et la rouvrit, avant de vérifier la qualité du réseau. Impeccable.

Zut alors.

Elle était sur le point d'éteindre son téléphone – au moins, elle ne saurait pas s'il l'ignorait – quand la sonnette retentit.

Elle regarda sa montre et envisagea de ne pas répondre, mais au même moment, elle sentit son téléphone vibrer dans sa main.

Derek : Toc, toc.

Un sourire aux lèvres, elle se précipita vers la porte et l'ouvrit.

— Qui est là ?

— Un crétin.

Elle secoua la tête en l'invitant à entrer.

— Non. Absolument pas. Comment m'as-tu trouvée ?

Elle prit conscience pour la première fois qu'elle ne lui avait jamais donné son adresse.

— Quand on travaille dans une grande entreprise, on a toutes sortes de méthodes sournoises pour retrouver les gens.

— Hmm. Eh bien, peu importe ce que tu as dû faire, je suis contente que tu l'aies fait.

Elle prit une inspiration et posa la question qui fâche :

— Ça va toujours bien, nous deux ? On se voit le mois prochain ?

— En fait, non.

— Ça ne va pas ?

Une vague de panique la traversa.

— Mais...

Aussitôt, il lui prit les mains.

— On ne se voit pas le mois prochain, parce que je serai en Europe tout le mois d'octobre.

Oh.

Le poids de sa déception l'écrasa sans prévenir. Elle passa la langue sur ses lèvres.

— Ce n'est pas une façon de m'envoyer balader, j'espère ?

Son sourire était tendre lorsqu'il lui répondit :

— Tu as dû voir que j'avais sorti les rames dans mes textos, non ? Honnêtement, ce sera pénible. Vingt hôtels en vingt-cinq jours. Tu peux me plaindre.

— Peut-être que quand tu reviendras, j'aurai trouvé l'appartement parfait où tu pourras te détendre et te débarrasser de toute cette fatigue européenne.

Il fit un pas vers elle.

— Je l'espère.

Soudain, elle était très consciente de sa propre respiration.

— Hmm, alors quand reviens-tu ?

— Le mardi avant Thanksgiving. Tu seras en ville ou en déplacement ?

— Je serai là, dit-elle en souriant. Ça me fera un beau cadeau de Thanksgiving.

Est-ce qu'elle venait vraiment de dire ça ? C'était vrai, mais l'avait-elle vraiment dit à haute voix ?

À en juger par son sourire, c'était sûrement le cas.

— Bon, alors le rendez-vous est pris. Ou, devrais-je dire, puisqu'on ne sort pas ensemble, le non-rendez-vous.

— Absolument, dit-elle, maîtrisant ses émotions à la perfection. Un non-rendez-vous.

Il recula d'un pas vers la porte.

— À propos de tout à l'heure, je sais qu'on avait dit pas de promesses.

— C'est ça.

— Et pas d'engagements.

Elle acquiesça.

— N'empêche, ça ne m'a pas plu, reprit-il. De te voir avec un autre homme.

Elle s'humecta les lèvres, son pouls cognant dans sa gorge.

— Et moi, je me suis sentie coupable quand je t'ai vu, ce qui est ridicule parce que je n'ai rien fait d'autre que de discuter avec un ami.

— Tu sais, avec tout ça, on dirait vraiment qu'on sort ensemble.

Elle haussa une épaule, essayant de paraître détachée alors qu'elle ressentait tout le contraire.

— Parfois, dit-elle, le substitut ressemble à l'original. Pourtant, ce n'est pas le cas.

Il la dévisagea longuement, puis il hocha la tête.

— C'est juste.

Enfin, il se pencha en avant et l'embrassa sur la joue. En même temps, il chuchota :

— Seulement, n'oublie pas que parfois, le substitut est encore meilleur.

HUIT

Pour quelqu'un qui se trouvait à des milliers de kilomètres de là, Amanda réussit à rester en contact avec Derek plus qu'avec la plupart de ses amis. Ils s'envoyèrent des messages, y compris quelques-uns que l'on aurait pu qualifier de sextos, discutèrent au téléphone et sur Skype pour se voir, et échangèrent même quelques e-mails.

Amanda se persuadait que c'était parce qu'elle travaillait dur pour lui trouver un appartement. Il lui avait dit que si elle trouvait la bonne propriété, il signerait les yeux fermés tant qu'elle en était satisfaite. Sa confiance la touchait – et la commission potentielle la motivait à travailler sans compter ses heures.

Après cinq semaines, cependant, elle avait enfin trouvé l'endroit parfait. Un vaste appartement avec deux chambres et une vue d'angle sur le fleuve, un toit-terrasse privé et une piscine à débordement, sans oublier un dispositif de sécurité de premier choix. En prime, l'appartement était meublé et l'ancien propriétaire avait d'excellents goûts. Le mobilier de style contemporain accentuait les lignes et les angles de l'intérieur moderne en verre et en acier, avec l'avantage d'être très confortable.

Malgré le design et la décoration, les lieux dégageaient une impression générale de confort. En fin de compte, on se serait cru dans une maison.

Fidèle à sa parole, il avait regardé les photos, négocié le prix, puis il lui avait demandé son feu vert. Quand elle avait dit oui, il avait fait une offre, et dix-sept jours plus tard, tout était réglé. Les propriétaires étaient à Hawaï, l'acheteur à Prague et Amanda chez BookPeople, la plus grande librairie indépendante d'Austin, où elle achetait tous les magazines qui, selon elle, pourraient intéresser Derek afin de rendre les lieux plus intimes.

Bien sûr, elle avait acheté de nouveaux draps de lit.

À présent, il devait bientôt revenir à Austin et elle était fébrile. Elle marchait de long en large dans l'appartement, jetait des coups d'œil inquiets au gâteau de félicitations qu'elle conservait dans le réfrigérateur, réarrangeait les bouquets de fleurs dans le hall d'entrée, morte d'angoisse.

Surtout, elle avait hâte de le voir.

Et d'essayer les nouveaux draps du lit.

Enfin, elle entendit un signal provenant du système de sécurité. Quelqu'un accédait à l'ascenseur menant à l'appartement-terrasse. Elle se dépêcha de sabrer le champagne, remplit deux coupes et alla l'attendre devant la porte. Quelques instants plus tard, elle entendit qu'il saisissait le code qu'elle lui avait envoyé par texto. Elle se précipita pour l'accueillir, deux verres à la main.

— Magnifique, dit-il, les yeux rivés sur elle.

— Tu n'as même pas regardé !

Il se pencha et l'embrassa.

— Je ne parle pas de l'appartement.

Elle sentit ses joues virer au rouge, plus satisfaite de ses paroles qu'elle n'aurait dû l'être. Pour cacher sa réaction, elle leva son verre.

— À ton nouveau chez toi.

— Aux nouveaux départs, répondit-il, prenant une gorgée sans la quitter des yeux.

— Au fait, tu devrais changer le code de la porte, dit-elle avant de le conduire vers la cuisine.

— Pourquoi ? Qui le connaît ?

— Eh bien, moi.

— Quelqu'un d'autre ?

Elle secoua la tête.

— Alors, c'est bon.

— C'est un code au hasard, tu devrais choisir des chiffres dont tu te souviendras.

— Tu veux dire, autre chose que la date de notre rencontre ?

Elle se figea. Elle l'avait choisie sur un coup de tête sans penser un seul instant qu'il se rendrait compte aussi de ce que les chiffres représentaient. Elle lui sourit avec nonchalance, par-dessus son épaule.

— Ah bon ? Quelle coïncidence.

— C'est ça.

Il tendit la main vers la sienne et l'attira à lui, puis il la souleva et la jeta sur son épaule alors qu'elle poussait un cri et le frappait dans le dos.

— Repose-moi !

— Pas avant que tu aies avoué que c'est une date importante. Digne des livres d'histoire. Un jour à marquer d'une pierre blanche.

— Bon sang, Derek.

Elle battit des pieds, mais il tenait bon.

— Non ? D'accord, alors je vais visiter moi-même. Et je pense que je vais commencer par la chambre.

— *Pose-moi tout de suite !*

— Comme vous voudrez, Madame.

Il se pencha et la jeta sur le lit. Avant qu'elle puisse se ressaisir, il était sur elle et la prenait au piège de ses bras et de ses jambes.

— Avoue-le.

Elle secoua la tête, réprimant un éclat de rire.

— Je vais te forcer à reconnaître la vérité, par n'importe quel moyen.

— Quoi, par exemple ?

— Je pourrais te chatouiller.

Elle secoua la tête.

— Méfie-toi, je me débats. Tu risquerais de perdre quelque chose d'important.

— La fessée ?

Elle rencontra son regard et vit la chaleur s'y refléter.

— J'invoque le cinquième amendement.

Il la regarda un peu plus longtemps, dans un moment chargé de possibilités. Puis un sourire éclaira lentement son visage.

— Et que dis-tu de ça ?

Lui laissant le temps de voir venir le baiser, il se baissa vers elle.

Ils firent l'amour tendrement, sans fougue débridée. Ils ne s'arrachèrent pas les vêtements dans leur hâte. Cela ressemblait plutôt à une passion intense. Un besoin brûlant. Un rapprochement.

C'était réel, tendre et un peu terrifiant.

Mais Amanda en avait envie. C'était ce dont elle rêvait depuis le jour où il était parti. Elle voulait le retrouver non pas pour répondre à un désir bestial, mais pour être avec lui, aussi pleinement et complètement que possible.

Ce besoin lui faisait peur et elle ne risquait pas de lui en parler. Mais quand il la fit basculer, quand son corps propulsa le sien dans les étoiles, elle lui fit un aveu précieux au creux de l'oreille :

— Tu m'as manqué, lui dit-elle avant de se laisser exploser dans ses bras.

Amanda ne se souvenait pas de s'être endormie, mais lorsqu'elle ouvrit les yeux, le soleil inondait la chambre entre les rideaux ouverts et le réveil de Derek sonnait.

Il en fallait plus pour le réveiller, apparemment, parce qu'il dormait à poings fermés.

— Eh, fit-elle en lui secouant l'épaule. Ton réveil.

Aucune réaction.

— Tu n'as pas un avion à prendre ?

Cet argument sembla faire mouche, car il se retourna, la main sur le front.

— Désolé. Je me suis couché tard hier soir.

Puis il lui lança un sourire espiègle.

— Oh, mais attends. Ton visage me dit quelque chose…

Elle le frappa avec son oreiller.

— Allez, habille-toi et je te conduirai à l'aéroport avant d'aller chez mes parents.

— D'accord. Il y a du café ?

Elle rit en prenant conscience que c'était le premier réveil qu'ils partageaient. En temps normal, elle rentrait chez elle avant l'aube. Apparemment, Derek tardait à émerger.

— Oui, il y en aura, promit-elle avant de le laisser revenir lentement au monde des vivants.

Quelques minutes plus tard, il entra dans la cuisine.

— Ça me plaît.

— Quoi donc ? La cuisine ?

— Toi dans la cuisine.

Elle arqua un sourcil, mais il se contenta de hausser les épaules sans paraître regretter sa remarque.

— Pourquoi tu n'es pas habillé ?

Elle laissa ses yeux vagabonder sur son corps. Il était tout aussi attirant hirsute au saut du lit que dans le cadre professionnel, sur son trente-et-un.

— Mon avion est cloué au sol, déclara-t-il. Un problème de moteur. Et tous les autres vols sont pleins. Mon assistante m'a réservé un vol tôt demain matin, alors je serai quand même au ranch à temps pour Thanksgiving.

Il haussa les épaules.

— Ce n'est pas grave. Au moins, je peux profiter de mon nouvel appartement.

— Je suis désolée. Tu ne devais pas voir ta sœur aujourd'hui ?

Il avait mentionné plusieurs fois Mellie, qu'il n'avait pas vue depuis quelques mois, depuis qu'elle travaillait à l'hôtel Winston en Australie.

— Je la verrai demain.

— Quand même...

Sa tasse dans ses mains, elle le regardait d'un œil pensif.

— Ça craint de rester seul. Et si tu venais chez mes parents pour fêter Thanksgiving avec nous ?

— C'est demain.

Elle secoua la tête.

— Pas dans ma famille. On passe toujours le jeudi dans un centre pour enfants défavorisés avec des troubles de l'apprentissage. On a commencé à faire du bénévolat il y a quelques années, et c'est devenu une tradition, du coup on le fête la veille.

— Donc aujourd'hui, c'est le Thanksgiving de ta famille ? Je ne veux pas m'imposer.

Elle chassa ses protestations d'un geste évasif.

— Oh, je t'en prie. Il n'y aura que nous, maman, papa et mon frère. Mais on passe toujours un bon moment. Même si je dois te prévenir qu'il faut du temps pour s'habituer à Nolan.

Un moment s'écoula, pendant lequel il garda le silence. Il se contentait de la regarder, comme s'il mémorisait les traits de son visage par cœur.

— Euh, Derek ? Écoute, si tu ne veux pas…

— J'adorerais.

Ses mots avaient fusé spontanément.

— Vraiment ?

— Oui, dit-il avec une sincérité indubitable.
Vraiment.

––––––––

Derek ne s'était pas senti nerveux à la perspec-
tive d'aller chez les parents d'une fille depuis le
lycée, mais il ne pouvait pas nier qu'il était sur les
dents pendant tout le trajet entre le centre-ville
et la maison de la famille d'Amanda. Cet état de
nerfs ne fit que s'intensifier alors qu'ils rejoi-
gnaient la porte d'entrée.

Enfin, il bascula dans l'angoisse totale
pendant ce court laps de temps avant qu'Amanda
et lui entrent dans la maison et rencontrent Huey
et Martha Franklin, ainsi que le demi-frère
d'Amanda, Nolan.

Aussitôt, il perdit toute sa nervosité.

Amanda l'avait présenté comme un client,
même si Derek n'était pas certain qu'ils soient
dupes. Cependant, ils n'insistèrent pas pour avoir
plus de détails. Ils se montrèrent très avenants

avec lui, l'invitant à s'asseoir et à regarder le football avec Huey et Nolan pendant qu'Amanda et Martha mettaient la table. Ils lui offrirent suffisamment de bières pour qu'il se sente complètement à l'aise.

— Méfie-toi de mon frère, lui dit Amanda avant de disparaître dans la cuisine. On le paie pour faire le clown à la radio et il se croit drôle.

— N'importe quoi, rétorqua Nolan. Ce que je trouve drôle, c'est qu'ils me paient pour ça. Tadam !

Elle leva les yeux au ciel.

— Pitoyable. Si tu te lances dans une impro en présence de mes amis, essaie au moins d'être plus brillant que ça.

Il brandit son majeur.

— Nolan, fit Huey comme s'il avait encore douze ans.

Nolan et Amanda échangèrent un regard et ricanèrent. En la voyant, Derek ne put s'empêcher de penser qu'il avait hâte qu'elle rencontre Mellie. Ce n'était sûrement pas la meilleure idée, étant donné qu'ils n'étaient pas en couple. Mais après tout, elle lui avait donné comme digicode la date de leur rencontre. Et elle l'avait invité chez ses parents pour Thanksgiving.

Ce n'était peut-être pas la preuve irréfutable qu'il y avait quelque chose entre eux, mais ça s'en rapprochait.

Il s'était presque laissé surprendre, pourtant en la regardant maintenant, il ne pouvait pas nier que c'était ce qu'il désirait. Pas elle, mais *ça*. Les moments en famille. La réalité. La proximité.

Il voulait une relation et tout ce qui allait avec.

Et même si elle ne l'admettait pas encore, il était convaincu qu'Amanda le voulait, elle aussi.

— Calmez-vous, tous les deux, dit Martha en arrivant dans le salon, faisant signe à sa fille de la rejoindre en cuisine.

— C'est très stéréotypé ici, plaisanta Amanda. Allez. Fais comme les hommes et regarde le foot à la télé.

— Elle a horreur du foot et elle aime passer du temps avec maman dans la cuisine, expliqua Nolan à Derek. Elle fait semblant d'être brimée, c'est tout.

— J'ai entendu, s'exclama Amanda depuis la cuisine.

Nolan fit un clin d'œil complice à Derek.

À la mi-temps, il l'emmena voir le ponton. Étant donné que c'était le ponton le plus classique qui soit, Derek supposa que Nolan cherchait l'occasion de jouer le rôle de frère protecteur. Lorsqu'il lui annonça de but en blanc que s'il faisait du mal à sa sœur, il trouverait un moyen de le faire lyncher sur les réseaux sociaux, Derek sut qu'il ne plaisantait pas.

— Espérons que nous n'y viendrons pas, dit-il simplement.

— Si tu ne fais pas de mal à ma sœur, nous n'y viendrons pas. Elle a connu l'enfer avec ce connard de Léo. Elle n'a pas besoin d'autres merdes de ce genre.

— Je préférerais me couper le bras plutôt que de lui faire du mal, déclara Derek en retenant le prénom de ce fameux Léo.

— Ça peut s'arranger, tu sais, rétorqua Nolan.

Derek ricana.

— Tu es presque aussi désopilant en personne qu'à la radio.

Il écarquilla les yeux.

— Tu écoutes mon émission ?

— Quand je peux.

— Oh, eh bien, merci, dit-il en donnant à Derek une tape dans le dos. Tu peux oublier tout ce que j'ai dit. Tu fais pratiquement partie de la famille.

La voix d'Amanda porta soudain depuis l'autre côté du jardin, les interrompant :

— Qu'est-ce que vous manigancez ?

Les hommes échangèrent un regard, puis retournèrent auprès d'Amanda avec des yeux pleins d'innocence.

— Pas grand-chose, lui dit Nolan. Je demande seulement à mon pote Derek d'être gentil avec toi.

— C'est très prévenant de ta part, dit-elle en se rapprochant. Mais tu as dû mal comprendre, nous ne sommes que des amis, tu sais...

— Oh, tu parles des conneries que tu sers aux parents ? J'ai très bien compris.

Il remua les sourcils. Derek était incapable de savoir si Amanda était amusée ou exaspérée par la réaction de son frère.

Enfin, elle le regarda.

— Ignore-le, dit-elle. C'est un vrai crétin.

— Peut-être, fit Nolan en affichant son sourire le plus arrogant. Mais le meilleur.

NEUF

— Où es-tu aujourd'hui ? demanda Amanda dès
la seconde où elle décrocha.

Derek sourit. Il aimait sa façon de se lancer
sans préambule dans la conversation.

— Même pas de bonjour ?

— Une discussion qui commence par bonjour
se termine par au revoir. Et avec tous tes voyages,
j'ai l'impression qu'on passe notre temps à se dire
au revoir.

Il ne pouvait pas le contester.

— À Disneyworld, figure-toi. Les hôtels
Winston s'apprêtent à innover avec un complexe
démentiel. La totale, y compris un service de
navettes vers le royaume de la célèbre souris.

— Génial. Ce doit être agréable de faire des

affaires dans le coin le plus heureux du monde. À moins que ce soit Disneyland ?

— Ni l'un ni l'autre, si tu veux mon avis. Sauf si tu es avec moi. Et au cas où tu serais tentée de sauter dans un avion pour Orlando, sache que je pars demain pour St-Louis.

— Je crois qu'il neige là-bas. Tu as un manteau ?

— Je fais mes valises pour toutes les occasions maintenant.

C'était vrai. Mais ça lui plaisait de savoir qu'elle se faisait du souci pour lui. La vérité, c'était qu'il se lassait d'être constamment en déplacement. Si certains des changements en cours se concrétisaient dans l'entreprise – ce qui était inévitable –, alors il voyagerait sans doute sept jours de plus chaque mois.

Travail prestigieux. Situation merdique.

Et à l'exception des deux réunions qu'il avait eues avec Brooke au motel, ce projet avançait lentement. Maintenant, au moins, la balle était dans le camp des propriétaires. Derek et Brooke avaient présenté leur projet. Il ne leur restait plus qu'à attendre.

— Y a-t-il une chance que tu sois à Austin pour le réveillon du Nouvel An ? Je sais que, techniquement, on ne sort pas ensemble, mais j'ai trouvé une robe à laquelle je ne pouvais pas résister, alors je l'ai achetée. Comment dire… ? J'espérais que tu aurais l'occasion de la voir.

À chaque mot, il avait l'impression que son cœur défaillait de bonheur.

— J'aimerais tellement, tu n'as pas idée.

— Vraiment ? Ça veut dire que tu ne peux pas ?

La déception dans sa voix lui brisa le cœur, et en même temps lui donna des ailes.

— J'ai lu un article sur une grosse fête du Nouvel An au Winston, reprit-elle. Je pensais que tu pourrais venir en tant que représentant officiel de la famille, tu sais.

— C'est une excellente idée. Malheureusement, ce n'est pas original.

— Comment ça ?

— On organise ces événements dans tous les hôtels Winston du pays. Je serai à celui de Chicago en tant que représentant de l'entreprise. C'est bien dommage, mais le réveillon du Nouvel An est une journée de travail pour moi.

— Aucun problème. Je savais qu'il y avait peu de chances que ça arrive.

— Je suis content que tu y aies pensé, en tout cas.

Il ajouta à mi-voix :

— C'est important pour moi.

— Oh. Eh bien, tu sais...

Il imaginait ses joues rouges, sa gêne d'être ainsi prise au dépourvu. Et sa déception de ne pas pouvoir la rejoindre lui fendait le cœur.

— Mais tu devrais certainement aller à cette soirée. C'est toujours sympa. On mange bien, la musique est bonne.

— Je ne sais pas. Je...

— Je vais te réserver une table VIP. Si tu ne l'utilises pas, ça ne fait rien. Mais ce serait dommage de gâcher ta belle robe. Invite Brooke. Ça pourrait être une soirée entre filles. Ou Nolan.

— Pourquoi pas ?

— Seulement, pas de rencard avec un mec.

Il fut récompensé par un éclat de rire.

— Marché conclu.

— Encore une chose.

— Oui ?

— Envoie-moi une photo de la fête. Je veux te voir dans ta robe, surtout si je ne te vois pas sans.

— D'accord, dit-elle d'une voix douce. Je le ferai.

Quand ils raccrochèrent, il souriait. Cette conversation l'aida à affronter la pile de paperasse d'un kilomètre de haut qu'il devait encore étudier. Il était venu à bout d'une bonne liasse quand le téléphone sonna à nouveau. Il s'attendait à entendre la voix d'Amanda, mais à la place, c'était Jared.

— Salut, vieux ! lança-t-il en décrochant. Bonne année en avance !

— Euh, pareillement, mais épargne-moi tes conneries, d'accord ?

— Tu n'es pas dans l'esprit de Noël, dis donc, fit Derek. Qu'est-ce qui ne va pas ?

— Comme toujours. Je suis sur une putain de roue de hamster. Et toi aussi, tu sais ? Ce travail pour ton père ? Ça ne te mène nulle part. Sauf si, pour toi, sillonner les États-Unis à longueur de temps est un accomplissement.

Derek s'adossa dans son fauteuil.

— Tu as beaucoup bu ?

— Pas assez.

— Tu as une copine pour le réveillon du Nouvel An ?

— J'avais. Plus maintenant.

Ce n'était pas le moment de sermonner Jared sur son éthique professionnelle ou amoureuse.

— Alors, viens à Chicago. Comme je serai l'hôte de la soirée, tu seras un peu seul mais ça ne fait rien.

Contrairement à Amanda, Jared en savait suffisamment sur les participants pour se passer de Derek.

— Je ne sais pas. Peut-être. Réserve-moi une invitation, d'accord ?

— Ça marche.

Jared poussa un profond soupir qui déchira le silence.

— Pourquoi est-ce qu'on fait tout ça, au fond ? dit-il.

— Quoi donc ?

— C'est exactement ce que je demande.

Sur ce, il raccrocha.

Amanda faillit ne pas se rendre au gala du Nouvel An à l'hôtel Winston d'Austin. À quoi bon, sans Derek ?

Cependant, elle décida d'y aller pour quatre raisons. D'abord, il lui avait demandé de le faire et il avait pris la peine de lui procurer une table VIP. Deuxièmement, il voulait qu'elle lui envoie des photos d'elle dans la robe, et ce serait ridicule de l'enfiler et de se prendre en photo sans sortir ensuite. Enfin, elle avait très envie de porter cette robe, et une soirée de gala était le contexte idéal. Elle ne pouvait guère mettre une longue robe de bal noire et blanche pour ses visites immobilières, même dans des appartements à trois chambres et deux salles de bain surplombant le fleuve.

Mais surtout, elle voulait être proche de Derek. Et cette émotion la terrorisait. Elle s'était tellement investie dans sa relation avec Léo que lorsque tout s'était terminé avec fracas, elle était restée à plat pendant des mois. Sur le plan émotionnel comme professionnel.

Peut-être était-elle stupide de se laisser aller avec Derek, mais elle se réconfortait en se disant qu'il n'y avait aucun danger, étant donné qu'ils se voyaient seulement une fois par mois. Un plan cul régulier. Une amitié avec quelques extras. Et ça lui convenait très bien.

En tout cas, elle essayait de s'en persuader.

Mais dans des moments comme ce soir-là, elle voulait être avec lui. Comme c'était impossible, elle se contenterait de l'hôtel qui portait son nom.

— Qu'est-ce que tu en penses ? demanda-t-elle à Reece en faisant tournoyer sa robe devant lui, au *Fix*.

Comme le bar organisait sa propre soirée, il grouillait déjà d'activité. Amanda appréciait que Reece lui consacre un peu de temps.

— Tu es magnifique, lui dit-il.

Elle esquissa une révérence.

— Merci, Monsieur.

Honnêtement, il avait raison. Elle était bel et bien magnifique. D'ailleurs, elle avait déjà pris deux photos pendant qu'elle se préparait. Elle en avait envoyé une à Derek – en soutien-gorge en dentelle et culotte assortie, jarretières et bas. Après tout, pourquoi faire durer le suspense ?

Il lui avait répondu que c'était cruel de sa part de le torturer, et elle avait continué à s'habiller avec un immense sourire aux lèvres.

Sur la deuxième photo, elle était prête. Elle avait remonté ses cheveux, laissant quelques boucles tomber autour de ses épaules, son décolleté élégant bien visible. Quant à la robe elle-même, le corsage était ajusté, avec une fermeture dans le dos. Le tissu était blanc, mais pas trop aveuglant. La ceinture en soie côtelée séparait le corsage de la jupe évasée constituée de plusieurs volants superposés.

Cette robe était une vraie folie. Elle se sentait aussi belle que Grace Kelly. Dommage que Derek ne soit pas là pour la voir. Elle lui avait tout de même envoyé la deuxième photo.

Maintenant, il lui en manquait une dernière au gala de l'hôtel. Même si elle n'y restait pas toute la soirée, elle pourrait au moins lui montrer qu'elle était passée.

Honnêtement, même si ses amis l'accompagnaient, elle n'était pas certaine de rester jusqu'à minuit. Ce serait peut-être un peu trop déprimant.

— Tu n'y vas pas à pied, si ? demanda Reece.

Elle secoua la tête.

— Non, Nolan peut nous obtenir une calèche. Ça promet.

— Tu auras tout d'une Cendrillon, fit Reece en riant.

— En parlant de ça, tu as parlé à Jenna ? La dernière fois, elle cherchait toujours du travail après la catastrophe de cette boîte pour laquelle elle a travaillé à Los Angeles.

— Ce matin. Mais c'est une mauvaise période de l'année pour chercher du boulot.

Il avait l'air si inquiet pour elle qu'Amanda regretta d'avoir évoqué la question.

— Ça va aller, j'en suis sûre. Elle est tellement talentueuse et… oh, Nolan est arrivé.

Reece la houspilla d'un geste de la main :

— Allez. Va t'amuser dans le faste et le glamour. Ici, ce sera plutôt jeans, baskets et bières.

— Arrête de t'apitoyer. Ce bar offre les meilleurs cocktails de la ville.

— C'est vrai, dit-il alors qu'elle s'éloignait vers la porte.

Son demi-frère l'aida à monter dans la calèche.

— C'est une super idée, lui dit-elle.

— J'en ai de temps en temps, répondit-il. Et j'ai pensé que tu aurais besoin de te remonter le moral, comme ton mec est absent, tu vois…

— Ce n'est pas mon mec.

— Hmm. À d'autres.

Elle leva les yeux au ciel, mais ne protesta pas. Il se trompait peut-être sur le vocabulaire, mais c'était vrai, elle avait envie que Derek soit là.

Il ne leur fallut pas longtemps pour atteindre

l'hôtel. Une fois qu'ils furent dans la salle de bal, Nolan partit se mêler à la foule.

— Ça va me donner plein d'idées pour l'émission. J'ai apporté un bloc-notes et un dictaphone, dit-il en tapotant ses poches. Je suis paré.

Elle rit avant de lui faire signe d'aller s'amuser. Puis elle resta plantée comme une idiote, à se demander quoi faire. Elle venait de remarquer Brooke, de l'autre côté de la piste de danse, quand Martin Arand s'approcha d'elle. Ils n'avaient jamais été très proches, tous les deux, mais elle connaissait assez bien son nom et son visage. C'était l'homme à qui Zeke avait transmis son portefeuille à son départ en retraite, celui que Zeke avait parrainé en tant que courtier.

En gros, il lui avait volé sa vie, uniquement parce qu'elle avait laissé Léo lui voler son cœur. Quel connard.

Consciente qu'elle fronçait les sourcils, elle se radoucit et lui sourit.

— Martin. Quel plaisir de vous voir.

— Je vous ai aperçue et j'ai tenu à venir vous saluer. Je sais que vous n'avez toujours pas obtenu votre certificat de courtier. Si vous avez besoin d'un parrainage, appelez-moi.

Elle lui répondit avec un sourire glacial.

— C'est si gentil de votre part. Merci.

— Mais de rien. Tout le plaisir est pour moi.

Elle résista à l'envie de le frapper – après tout, c'était la faute de Zeke, pas celle de Martin. La soirée suivit son cours.

Mais il lui avait rappelé sa priorité. En l'absence de Derek, autant profiter de l'événement pour étoffer son réseau.

Elle avait rencontré quelques propriétaires dans l'immeuble de Derek, ce qui lui avait amené d'autres clients potentiels. Beaucoup étaient ici. Elle les rejoignit pour bavarder, flirtant un peu quand c'était nécessaire. Mais tout cela lui semblait creux et inutile.

Elle n'était pas d'humeur à faire de la lèche aux clients. Elle voulait...

Non, aucune importance. Chicago était trop loin.

Elle se dirigea vers sa table VIP pour laisser un petit mot à Nolan et Brooke. Elle s'était déjà lassée de la soirée et elle souhaitait simplement rentrer chez elle.

Mais bien sûr, elle n'avait pas de stylo. Elle tourna la tête pour chercher un serveur.

Il était là.

Enfin, cela n'avait aucun sens. Il était à

Chicago, non ? Pourtant c'était lui, sans aucun doute. Elle avait envie de se précipiter, mais elle ne voulait pas se donner en spectacle. Sans compter qu'elle risquait de trébucher. Ses chaussures n'étaient pas faites pour courir.

Elle attendit donc qu'il vienne à elle, le souffle court.

— Salut, beauté. Cette robe te va à ravir.

— Tu me dis ça uniquement parce que j'ai envie de l'entendre.

— Et parce que c'est vrai.

Elle affichait un sourire si grand qu'elle en avait mal aux joues.

— J'ai aimé tes photos.

— Vraiment ?

— Hmm, fit-il en s'approchant.

— Qu'est-ce que tu fais ici ?

Il haussa une épaule.

— J'ai dit au bureau que je me retirais du réveillon du Nouvel An.

— C'est aussi simple que ça ?

— Non, fit-il en secouant la tête. Mais c'était important.

Les larmes lui piquaient les yeux.

— Je te remercie.

Il tendit le pouce et le passa sur sa lèvre inférieure, avec toute la douceur d'un baiser.

Elle déglutit.

— Qu'est-ce que tu veux faire ?

— J'ai fait un long trajet pour venir jusqu'ici. Là maintenant, j'ai seulement envie de t'enlacer. Tu danses ?

Avec un signe de tête, elle se glissa dans ses bras.

— Merci, lui dit-elle.

— Pour quoi ?

— Ça a été la meilleure soirée de ma vie.

Il haussa les sourcils.

— Au passé ? Ce n'est pas encore fini.

— Je sais, mais je ne voulais pas oublier de te le dire.

Elle posa la tête contre son torse alors qu'ils oscillaient au rythme de la musique.

— Et je sais déjà que c'est l'une de ces rares soirées qui méritent trois belles étoiles en or.

DIX

C'était le printemps à Austin et Amanda adorait absolument tout, surtout cette année. Elle avait vu Derek au moins une fois par mois depuis le réveillon du Nouvel An, les lupins qui fleurissaient dans tout l'État étaient magnifiques, et Jenna était de retour de Los Angeles.

— Je sais que je n'arrête pas de le répéter, dit Amanda à Jenna alors qu'elles étaient assises à une table près de la vitre, au *Fix*, mais je suis tellement contente que tu sois de retour. Même si la raison me fait de la peine.

Jenna était partie à Los Angeles quelque temps plus tôt pour occuper un poste dans une entreprise de marketing. Mais l'expérience s'était avérée un échec monstrueux, et maintenant elle était de retour. Amanda était folle de joie de la retrouver.

— Oui, c'est dommage, admit Jenna en prenant une gorgée de Corona arrangée, une spécialité du *Fix* et l'un de ses cocktails favoris. J'ai fini par craquer et je suis rentrée à la maison, la queue entre les jambes.

— Tu es rentrée, fit Amanda en se penchant pour poser sa main sur la sienne. C'est tout ce qui compte. Et regarde-toi, maintenant. Associée au *Fix*, exactement dans le genre de boulot que tu rêvais d'avoir. Marketing et planification d'événements. Tu dois avoir un sacré karma, ma belle.

Jenna sourit à ces mots.

— C'est vrai que c'est plutôt cool. Et tellement inattendu. Je n'en reviens toujours pas.

— Tu n'en reviens pas de quoi ? Que Reece et Brent t'aient intégrée à l'équipe ? Tous les trois, vous êtes comme les planètes, le soleil et l'hyperespace. Vous formez un tout, tu comprends ? Évidemment qu'ils avaient envie que tu participes. D'autant plus qu'ils avaient besoin de toi pour le marketing. Ce n'est pas leur truc, à eux. Reece est dans la gestion et Brent la sécurité. Et c'est encore moins le truc de Tyree.

Tyree Johnson était le propriétaire initial du *Fix*. Amanda se sentait bête de ne pas s'être rendu compte que l'établissement était en difficulté financière. Mais apparemment, c'était toujours le cas. Parce que même si Tyree avait maintenant trois associés, Jenna, Brent et Reece, il avait annoncé publiquement qu'à moins que le *Fix* ait remboursé toutes ses dettes avant le Nouvel An, il allait devoir vendre. Et Amanda connaissait suffisamment le marché pour savoir que l'acheteur le plus probable était *Déliss*, une chaîne qui rémunérait mal ses employés et qui servait une cuisine dégueulasse et des boissons coupées à l'eau.

Brent et Reece avaient adhéré au partenariat, fournissant un fonds de roulement pour le reste de l'année. Quant à Jenna, elle n'avait que ses compétences à offrir, mais aux yeux d'Amanda, elle avait déjà prouvé sa valeur.

— Le concours de l'Homme du Mois est vraiment génial, dit Amanda. Et c'était ton idée. Même si je pense t'avoir donné un brin d'inspiration.

Des hommes canon étaient en compétition pour décrocher une place dans un calendrier. Bientôt, il y aurait des hommes torse nu sur la scène. Et donc, plus de femmes dans le bar. Par conséquent, plus de boissons vendues.

D'où l'idée géniale.

Jenna éclata de rire.

— J'espère que je vais assurer.

Le concours en était encore au stade de la planification, avec le premier événement dans quelques semaines.

— Ce sera un énorme succès. Tu verras.

Elle se pencha en arrière sur son siège, puis elle prit une gorgée de sa Margarita Jalapeño.

— Et le reste ?

Jenna écarquilla les yeux.

— Quel reste ?

— Toi et Reece. Tu vas vraiment me dire qu'il ne se passe rien ?

Jenna leva les yeux au ciel.

— Oui. Je vais vraiment te le dire. C'est mon meilleur ami. Depuis l'enfance. Fin de l'histoire.

— Hmm.

— Laisse tomber.

— D'accord.

Amanda avait déjà abordé la question et elle recommencerait sans aucun doute. Mais pour l'heure, elle acceptait de laisser tomber.

— Et toi ? rétorqua Jenna. Tu sors avec quel-qu'un, n'est-ce pas ?

— Oh, pitié. Non.

Amanda réprima l'envie de croiser les doigts sous la table.

— Tu me connais mieux que ça.

— Oui, en effet. Et tu ne m'as pas parlé de tes conquêtes depuis mon retour. Alors ? Y a-t-il un homme mystère caché dans ton grenier ?

— C'est ça. Je le sors et je le dépoussière environ une fois par mois.

— Je suis sérieuse.

Amanda regarda son amie en clignant des paupières, l'image même de l'innocence.

— Et tu penses que je ne suis pas sérieuse, moi ?

— Bon, si tu le dis.

Elle termina son verre.

— Un autre ?

— Avec plaisir, fit Amanda.

Pendant une seconde, elle envisagea de raconter à Jenna la vérité. À propos de l'homme dont elle désirait tant la présence. L'homme avec qui elle se sentait spéciale et même aimée.

Mais elle garda le silence. Ses sentiments étaient bien réels, et ils lui faisaient peur. Si elle s'y laissait aller, elle allait devoir changer. Et en ce moment, entre Derek et elle, elle ne voulait rien changer du tout.

* * *

— Ça fait bien trop longtemps qu'on ne s'est pas réunis, fit Derek en croisant le regard de Landon dans le miroir du vestiaire.

Ils venaient juste de terminer une partie de squash mouvementée et ils étaient tous deux ruisselants de sueur.

— Super partie, au fait.

— J'approuve ces deux remarques.

L'inspecteur Landon Ware et Derek buvaient un verre au *Fix* le soir où il avait rencontré Amanda. Ils s'étaient rencontrés quand Landon travaillait au département de police de Dallas, dix ans auparavant, et avait été chargé d'enquêter sur une mort suspecte dans l'une des chambres de l'hôtel Winston. En fin de compte, c'était un meurtre. Une femme avait empoisonné la bouteille d'eau que son mari avait emportée au travail, convaincue qu'il avait une liaison. Elle avait raison. Le mari et sa maîtresse étaient morts dans la suite de luxe.

— Tu vois toujours cette jolie fille avec qui tu étais l'an dernier ?

Il acquiesça.

— J'ai du mal à croire que ça fait si longtemps.

— Le temps passe vite, fit Landon. Ça doit être sérieux, vous deux.

Landon était un homme fort et ça se voyait. Pas trop massif, mais avec des muscles compacts sous sa peau noire tatouée. En revanche, il avait des yeux exceptionnellement doux. Derek avait une théorie : c'était la combinaison des deux qui faisait de lui un inspecteur si talentueux. Tout le monde passait aux aveux quand Landon menait les interrogatoires.

Tout comme Derek, à présent, qui s'ouvrait à lui.

— Je pense que c'est sérieux. Enfin, c'est difficile à dire.

— Vraiment ? Je n'ai pas eu beaucoup de copines officielles, pas depuis mon échec avec Vanessa, mais il me semble qu'en général, ces choses-là sont assez claires.

— Je crois que rien n'est clair avec les femmes.

Il s'assit sur le banc et enfila ses chaussures.

— Je dois y aller. Je la retrouve dans une heure, en fait. Ça nous laisse le samedi rien que pour nous.

— Appelle-moi quand tu ne seras pas trop occupé avec elle.

Landon lui fit un clin d'œil, jeta sa clé de casier en l'air et la rattrapa au vol.

— On se fera un match de revanche.

— Ça marche.

Derek prit une douche et sortit de la salle de sport en un temps record. Il salua le propriétaire au passage, Matthew Herrington, avant d'émerger dans la magnifique journée de printemps. Il descendit Congress Avenue jusqu'à son appartement, mais il s'arrêta net en apercevant un visage familier qui arrivait en sens inverse.

Il lui fallut une seconde pour reconnaître le grand gaillard aux cheveux noirs et au look de star de cinéma.

— Parker ? Parker Manning.

Pendant un instant, Parker parut hébété, puis il secoua la tête avec surprise.

— J'ai failli ne pas te reconnaître, lui dit Derek. Ça fait quoi, dix ans ?

— À peu près. Je ne sais même pas où on s'est vus pour la dernière fois.

— Sans doute chez nos parents.

Parker et Derek étaient tous deux issus de grandes fortunes du Texas sur plusieurs générations. La famille Manning avec ses racines dans le pétrole et le gaz, et les Winston dans l'élevage et l'hôtellerie. Contrairement à la croyance populaire, le club des grandes fortunes du Texas ne comptait pas beaucoup de membres. Tout le monde se connaissait dans ce petit milieu fermé, si bien que Parker et Derek avaient passé de nombreux après-midi ensemble dans des country-clubs et autres établissements de luxe que fréquentaient les grandes familles texanes.

— Tu habites ici maintenant ? demanda Derek à Parker. Je croyais avoir entendu dire que tu étais à Los Angeles.

— J'y étais. Je viens d'emménager à Austin. Enfin, précisa-t-il, mon entreprise est ici depuis un certain temps, mais je viens de la rejoindre.

Tout en parlant, il regardait par-dessus l'épaule de Derek. Il fit un grand pas sur la droite comme pour rester caché par son ami avant de se faufiler dans l'ombre d'une entrée d'immeuble.

— Un problème ?

Parker secoua la tête.

— Je connais cette femme.

Derek jeta un coup d'œil par-dessus son épaule et découvrit une femme aux longs cheveux noirs et aux lunettes en forme d'yeux de chat. Il se tourna vers Parker.

— Rupture difficile ?

— Pas exactement. Disons simplement que je tiens à rester hors de son radar pendant un certain temps. Je crois qu'elle a besoin d'espace, ajouta-t-il en réponse à l'expression interrogative de Derek.

— On dirait que tu es devenu un gentleman, lui dit-il.

Parker pinça les lèvres.

— Ça m'arrive. Alors, qu'est-ce que tu racontes ?

— Boulot, déplacements, la routine. Je viens de conclure un accord pour acheter un petit motel à rénover.

Les propriétaires du South Congress Motor Inn avaient enfin accepté l'offre d'achat et Derek avait hâte de mettre en service la division Winston Boutiques.

Au même instant, son téléphone sonna et il fronça les sourcils en voyant que c'était son assistante.

— Je dois répondre. Si ce n'est pas une

urgence, je vais quand même devoir discuter un moment.

Son assistante savait qu'il préférait privilégier les textos ou les e-mails le week-end. Les appels étaient strictement réservés aux cas de crise.

— Aucun problème. On se capte bientôt ?

— Super, dit Derek avant de décrocher. Elizabeth ? Tu sais que c'est samedi.

— Je suis vraiment désolée, Monsieur Winston. Mais le père de Monsieur Ingram vient d'appeler. Il voulait que vous sachiez que Jared a tenté de se suicider.

Il lui fallut quelques heures et une demi-douzaine d'appels, mais Derek réussit enfin à reconstituer l'histoire. Son ami s'était gavé de pilules et il était actuellement dans un hôpital privé du Vermont pour une cure de désintoxication et une évaluation psychiatrique.

Derek devait s'y rendre dès le matin.

Pour le moment, allongé sur son canapé, il ne pouvait rien faire d'autre que d'attendre. Non pas le lendemain, mais l'arrivée d'Amanda. Elle devait être là d'une minute à l'autre, et même s'il avait pensé annuler leur rendez-vous, il ne l'avait pas fait. Il était resté silencieux, parce que la seule chose dont il était certain d'avoir envie en cette journée affreuse, c'était de la voir.

Un instant plus tard, il entendit le bip du digicode. Elle entra avec un sourire éclatant, qui s'effaça aussitôt.

— Derek ? Qu'est-ce qui ne va pas ?

Immédiatement, une vague de culpabilité l'envahit. Il n'avait pas annulé leur rendez-vous parce qu'il voulait la voir. Mais avait-il vraiment le droit de lui miner le moral ?

— Ça va, dit-il en se hissant sur ses coudes. J'aurais dû t'appeler. Je ne suis pas une très bonne compagnie aujourd'hui. Je ne voudrais pas gâcher ton samedi.

— Hmm.

Elle laissa tomber son sac sur le guéridon du vestibule et vint s'agenouiller devant lui. Elle tendit la main, la posant sur son front.

— Tu n'as pas de fièvre.

— Ce n'est pas ça.

Il lui prit la main, décidant qu'il devait lui dire la vérité.

— Jared a essayé de se suicider.

Elle resta pétrifiée.

— Ton ami ? Celui dont tu m'as parlé, de l'époque du pensionnat ?

Il hocha la tête.

— Oh, mon Dieu. Derek, je suis vraiment désolée.

— Je ne veux pas t'imposer ça. Tu devrais y aller. Je peux...

— Non, dit-elle résolument. Pousse-toi.

Comme il n'avait pas d'arguments pour s'y opposer, il se décala sur le canapé.

Elle se glissa à côté de lui, prit sa tête entre ses mains et la posa contre elle.

— Tu as envie d'en parler ?

— Pas vraiment. C'est un bon ami, je l'aime beaucoup. Je me dis que j'aurais dû le voir venir.

— Ce n'est pas ta faute.

— Ça aussi, je le sais.

Leurs regards se croisèrent et en voyant la sollicitude sur son visage, il se sentit choyé. Il aurait aimé que Jared ressente cela, lui aussi.

— Il y a autre chose.

— Dis-moi.

— Je suis très fatigué.

— Eh bien, ferme les yeux et dors.

— Tu resteras ?

— Derek, oui. Bien sûr. Je n'irai nulle part.

— Je te remercie.

— Allez, murmura-t-elle en lui caressant les cheveux. Ferme les yeux et laisse-toi aller.

C'est ce qu'il fit, essayant d'encaisser la journée qui venait de s'écouler. Mais il n'y arrivait pas. Tout ce qu'il pensait, c'était qu'Amanda était là. Il avait essayé de la repousser. Elle était restée quand même.

Maintenant, elle était à côté de lui, alors qu'il était groggy, les nerfs à vif. Vulnérable et abîmé. En un mot, dans un sale état.

Et tout ce qu'il se disait, c'était : merci mon Dieu !

ONZE

Même dans le nord de l'État de New York, le mois de juillet était assommant. Derek essuya la sueur sur sa nuque tout en se promenant en compagnie de Jared dans le parc de l'hôpital.

Au cours des mois qui s'étaient écoulés depuis la tentative de suicide, Derek avait fait le voyage au moins une demi-douzaine de fois, trouvant du temps pour les visites entre ses horaires de travail de plus en plus chargés et ses séjours réguliers à Austin, aussi sacrés que frustrants.

Sacrés, parce qu'il adorait chaque journée passée avec elle.

Frustrants, car même après un an, ils étaient toujours dans le flou. Ils étaient conjoints dans les faits – n'importe quel avocat le dirait –, mais elle refusait toujours de le décrire ainsi. Ni de faire quoi que ce soit pour que leur relation évolue.

Enfin, ce n'était pas le problème à l'ordre du jour.

Habituellement, quand Derek rendait visite à Jared, ils se promenaient, jouaient aux échecs, puis bavardaient de choses et d'autres. La dernière fois, ils avaient débattu de la question de l'éclairage dans *Citizen Kane*, une conversation d'autant plus passionnante que Derek n'y connaissait absolument rien en cinéma. Jared non plus, au demeurant, mais étant donné les circonstances, ce n'était pas un souci.

En d'autres termes, jusqu'à présent, leurs discussions étaient restées inoffensives. Anodines. Et même ennuyeuses. Tout sauf pertinentes.

Aujourd'hui, Derek avait enfin demandé à son ami *pourquoi*.

— Un tas de raisons, répondit Jared. J'étais tout embrouillé dans ma tête. Le docteur Crowley dit que je ne comprendrai peut-être jamais vraiment. En gros, tout se résume à cette putain de roue de hamster dans laquelle je suis

coincé. Je veux dire, tu connais ma vie. Quel intérêt de vivre ?

— C'est toi, l'intérêt, dit Derek.

Jared haussa une épaule. Par bonheur, il
souriait.

— Oui, peut-être. Mais j'ai du chemin à faire
avant de retrouver une version de moi-même avec
laquelle j'aie envie de passer du temps, tu vois ?

— Je crois que oui. Tu restes ici longtemps,
alors ?

Jared acquiesça.

— Encore trois semaines. Il était temps que je
subisse un bon contrôle technique, tu ne trouves
pas ?

Derek ne put retenir un petit rire, soulagé
que tout n'ait pas changé.

— Oui. C'est du passé, en tout cas. Je me suis
fait du souci pour toi.

— Je sais. Excuse-moi.

— Mais non, je comprends.

Jared le dévisagea pendant une minute.

— Vraiment ?

— Oui, répondit-il en fronçant les sourcils.
Pourquoi ?

Jared éluda la question avec un geste évasif.

— À force de passer du temps chez les psys,

on finit par se poser trop de questions. Mais je m'inquiète pour ta roue de hamster, tu sais ? Peut-être pas aussi branlante que la mienne, mais elle tourne toujours.

Il songea à Amanda. Et aux allers-retours incessants qu'il opérait à travers tout le continent, ainsi qu'aux rénovations du motel, au point mort parce qu'il n'avait pas une seconde de libre pour faire avancer le projet.

Il pensa à tout cela et hocha la tête.

— Oui. Je sais.

Quand Amanda arriva au *Fix* mercredi soir, elle eut la surprise de constater que les lieux étaient bondés. C'était le sixième concours de l'Homme du Mois – la série avait débuté en avril, au rythme de deux événements par mois – et chacun attirait plus de spectateurs que le précédent.

— Amanda !

Elle se retourna juste à temps pour se laisser happer dans l'étreinte énergique de Megan Clark. Maquilleuse de métier, Megan avait récemment commencé à travailler avec Jenna et avait élaboré un dépliant publicitaire qui semblait fonctionner.

— Tu sais, dit Amanda, je pense que ce sera peut-être la meilleure soirée de toutes. Tes flyers ont certainement attiré l'attention, et ce qu'ils promettent n'est pas mal du tout. Ce Parker ? Waouh, cet homme est canon.

Par une sorte de miracle, Megan avait convaincu Parker Manning – *le* Parker Manning – de participer au concours. Amanda se demandait bien comment elle avait réussi à le soudoyer.

Griffin Draper venait d'arriver avec Megan. En l'entendant, il leva les yeux au plafond. Doubleur très prometteur et créateur de web séries, Griffin était extrêmement talentueux, mais douloureusement conscient des cicatrices qu'il gardait de graves brûlures survenues dans son enfance. Amanda savait que Megan était l'une de ses amies les plus proches.

Ignorant la réaction de Griff, cette dernière repoussa une mèche de cheveux noirs de son front et hocha la tête, en accord avec Amanda.

— Tu l'as dit.

— Honnêtement, s'il s'agissait d'une vente aux enchères de célibataires au lieu d'un concours pour un calendrier, je crois que je ferais une proposition.

Amanda fit mine de s'éventer, mais lorsque Megan plaqua une main sur sa bouche pour se retenir de rire, elle se retourna. En voyant qui se tenait derrière elle, elle resta abasourdie.

Certes, Parker était là, mais elle n'était pas gênée par ce qu'il aurait pu entendre. D'une part, c'était vrai, et d'autre part, il devait avoir l'habitude de faire rêver les femmes. De toute façon, elle le remarqua à peine.

Non, ce qui la laissait sans voix, c'était l'homme qui l'accompagnait. *Derek !* Bon sang, mais que faisait-il là ce soir ?

Elle entendit les autres parler, mais elle était trop choquée pour les écouter. En revanche, lorsque Megan prit la parole, elle entendit sa question :

— Qui est ton ami ?

— Désolé, dit Parker. Je vous présente Derek Winston.

Tout le monde entreprit de se présenter et de lui serrer la main. Puis ce fut au tour d'Amanda. Elle rencontra son regard, consciente que le sien exprimait mille questions. Certains de ses amis qui fréquentaient le *Fix* savaient qu'ils se connaissaient, bien sûr. Mais Brooke l'ignorait, si bien que pour le moment, il lui semblait plus facile de serrer la main tendue, sans prêter attention à l'alchimie qui crépita lorsque leurs peaux se rencontrèrent, et de se présenter d'une voix hésitante.

Elle était certaine que tout le monde voyait clair dans son jeu et comprenait ce qui se passait, mais en réalité, personne ne sembla la remarquer.

— Des hôtels Winston, c'est ça ? demanda Griffin. De belles propriétés.

— Merci, répondit Derek. C'est une entreprise familiale, mais j'ai repris la direction des opérations nord-américaines. Je suis en ville pour des visites personnelles dans les trois hôtels d'Austin. Puisque Parker et moi, on est de vieilles connaissances, j'ai pensé que je viendrais le voir groover sur scène.

— Si je groove ce soir, ce ne sera pas sur scène.

Peut-être était-ce l'imagination d'Amanda, mais elle aurait juré qu'il avait regardé Megan en répondant.

— Vous voilà !

C'était Taylor D'Angelo, qui se précipitait vers eux, sa queue de cheval rebondissant dans son dos. Elle se fraya un chemin à travers la foule, puis attrapa le bras de Parker.

— On t'attend derrière. C'est bientôt l'heure du spectacle.

— À plus tard, tout le monde ! lança Parker, entraîné vers les coulisses.

À peu près au même moment, Megan se dirigea vers la scène, laissant Derek seul avec Amanda, toujours bouche bée. Elle essayait de rassembler ses pensées quand un homme au physique vaguement familier s'approcha. C'était celui qui partageait une table avec Derek, le tout premier soir où ils s'étaient rencontrés.

— Salut, dit-il. Je ne m'attendais pas à te voir ici.

— Je suis venu voir Parker se faire humilier.

— Comme tout le monde, je crois ! Au fait, je m'appelle Landon, ajouta-t-il en tendant la main vers Amanda. Un vieil ami de Derek.

— Oh, très bien. Alors, je vous laisse discuter tous les deux. C'était un plaisir de vous rencontrer.

Elle vit Derek ouvrir de grands yeux étonnés, mais elle n'hésita pas, décidée à traverser la foule jusqu'à l'arrière du bar. Pendant tout le temps qu'ils avaient passé ensemble, ils n'étaient jamais venus au *Fix*. Ils n'en avaient jamais parlé, non plus, comme si c'était un sujet tabou.

Elle était donc bouleversée de le voir ici. Non, pensa-t-elle. Pas bouleversée. Plutôt déroutée. Parce que même si elle avait besoin de temps pour réfléchir, elle ne pouvait pas nier son envie presque écrasante de s'asseoir avec lui à une table, en fond de salle, leurs têtes proches l'une de l'autre pendant qu'ils regarderaient le concours. Ce désir, cette envie de partager avec lui plus qu'elle n'en partageait déjà, ne cessait d'augmenter depuis des mois.

Et cela lui faisait peur.

Frustrée, elle passa les doigts dans ses cheveux. En résumé, elle désirait Derek. Est-ce que ce résumé était écrit en gras et surligné plusieurs fois dans le livre de sa vie ? Oui, et même en couleur.

Enfin, bref...

Heureusement, il ne l'avait pas poussée à modifier leur statu quo. Et ce soir n'était sûrement qu'une coïncidence.

D'ailleurs, il était probablement tout aussi surpris qu'elle, ce qui expliquait ces ondes étranges qu'elle avait captées de sa part.

Réprimant un sourire, elle se dirigea vers l'arrière du bar. Si elle se glissait par la sortie donnant sur la ruelle pendant le concours, elle ne manquerait à personne à part Derek. Et il saurait venir la retrouver à son appartement.

Elle se faufila dans la foule et s'apprêtait à sortir dans le couloir lorsqu'elle entendit sa voix familière :

— Amanda.

Elle se retourna, le souffle coupé. Ses épaules larges étaient devant elle et son regard exprimait une telle passion qu'elle sentit sa culotte devenir moite. Si ce n'était pas risqué, elle l'entraînerait dans les toilettes des dames et lui sauterait dessus sans plus attendre.

Au lieu de quoi, elle se contenta de sourire.

— Salut, lui dit-elle. Désolée d'avoir planté ton ami comme ça. Mais j'étais étonnée de te voir. J'avais peur qu'il devine quelque chose sur mon visage.

— Bébé, personne n'a rien remarqué. J'aimerais que tu me retrouves dans notre chambre dans une heure. Tu veux bien ?

— Absolument, répondit-elle.

Cela dit, elle était intriguée qu'il veuille la retrouver à l'hôtel. En temps normal, ils allaient à son appartement. Le mois de juillet étant aussi leur anniversaire de rencontre, peut-être voulait-il fêter ça dans la chambre qui leur avait si bien réussi dès le début.

— J'ai une grande nouvelle, ajouta-t-il. J'allais attendre pour te l'annoncer, mais bébé, je suis trop enthousiaste.

— Vraiment ?

Elle n'imaginait pas ce dont il s'agissait. Des billets pour un concert, peut-être ? Ils avaient parlé d'aller voir quelque chose ensemble cet été.

Il lui prit la main, puis se pencha en avant, son souffle lui chatouillant l'oreille.

— Je viens m'installer ici, ma belle. Finie l'attente interminable. À partir de maintenant, tu pourras m'avoir quand tu voudras.

Il recula juste assez pour rencontrer son regard

— Tu sais, bébé, ajouta-t-il, j'ai envie de toi en permanence.

DOUZE

Derek savait que cette nouvelle allait lui faire un drôle d'effet et il avait hésité entre une annonce brutale et une approche progressive. Finalement, il avait opté pour les deux. Il lui parlerait d'abord du déménagement à Austin, et du reste une fois qu'ils seraient seuls.

Ce qu'il n'attendait pas, en revanche, c'était une réaction viscérale de sa part. Pourtant à présent, elle faisait les cent pas dans leur chambre d'hôtel sans dire un mot.

— Je ne comprends pas bien, lui dit-elle enfin. Tu t'es levé un matin et tu as décidé de quitter ton boulot ?

— Mon boulot qui m'obligeait à trop voyager, oui. Je serai toujours employé.

Du moins, il l'espérait. Cette discussion faisait partie de ce qu'il avait décidé d'aborder progressivement, mais elle n'avait pas l'air prête à l'entendre.

— Enfin...

— Amanda, s'il te plaît. Assieds-toi.

Elle fronça les sourcils, mais obéit, s'installant sur le canapé du salon de la suite, les pieds sous ses fesses. Puisqu'il voulait voir son visage, il prit place sur le pouf en face d'elle.

— J'ai beaucoup réfléchi après la tentative de suicide de Jared, commença-t-il avant d'essayer de lui expliquer combien il avait compris le sentiment de Jared que sa vie n'avait aucun sens, aucun ancrage dans la réalité.

Il lui prit les mains.

— Mais je ne suis pas Jared. Tu es là. Et je voulais plus, mais ce n'était pas possible à moins d'apporter quelques changements. Je pensais – j'espérais – que tu voudrais bien de moi dans ta vie. Et pas seulement une fois de temps en temps.

Elle déglutit, mais sa réponse ne se fit pas attendre.

— Oui, bien sûr, lui dit-elle.

C'étaient les mots les plus doux qu'il ait jamais entendus.

— Jared a décrit cette vie comme une roue de hamster, et il a raison. Il n'y a qu'une seule solution, c'est de faire le grand saut. Saute avec moi !

— C'est un pas de foi, répondit-elle avec une petite voix. Au moins, tu as plus de chance que beaucoup de gens. Tu as de l'argent et l'entreprise familiale. Un filet de sécurité en cas de chute.

— C'est exact.

Et en même temps, pas tout à fait. Mais il ne le lui avait pas encore dit. Inutile de brouiller les choses trop précipitamment.

Il prit une inspiration et continua :

— Voilà le problème. Ce n'est pas seulement que j'en ai assez de voyager, c'est que je veux te voir plus souvent. Et plus que ça, encore. Je veux une relation plus complète, plus intense. J'aime ce que nous avons, bien sûr, mais je ne veux pas tourner en rond sur cette roue de hamster avec toi. Je veux une autoroute. Ou de longues routes de campagne pittoresques. En fait, je veux un horizon et un avenir.

— Une vie de couple.

— Oui. Non. Je pense que nous sommes *déjà* un couple. Mais je veux y mettre le sceau de l'approbation, en quelque sorte, pour que nos amis et nos familles le sachent.

Elle pinça les lèvres.

— Et si je ne suis pas prête pour ça ?

Il se pencha en avant, les mains sur ses genoux.

— Bébé, pourquoi tu ne serais pas prête ? Qu'est-ce qui te fait peur ?

Elle inspira.

— Je ne sais pas.

Il se laissa glisser du pouf pour s'asseoir sur le sol en la regardant.

— Je pense que tu sais, au contraire. J'ai parlé à Nolan, et Léo était un con. Il est parti sans prévenir, c'était un sale type. Et ça te fait peur. Mais je ne suis pas Léo. Tu vas devoir te battre si tu veux te débarrasser de moi.

Ses yeux croisèrent les siens, et pendant un instant, il vit leur avenir dans son âme. Puis elle se blottit dans ses bras et secoua la tête.

— Bon sang, Amanda, tu as peur de prendre un risque juste parce que ça pourrait échouer. C'est exactement ça, la putain de roue de hamster.

— Laisse tomber les hamsters, rétorqua-t-elle. Tu sais quoi ? Ce n'est pas seulement moi. À moins que tu aies oublié le motel ? Parce que c'est une affaire assez risquée, pourtant ça fait presque un an que je ne t'ai pas vu travailler à ce projet.

— Ça tombe bien, je voulais aussi t'en parler. C'est un autre de mes grands pas en avant.

Elle cligna des paupières, puis se redressa lentement.

— Quoi ?

— Le motel est resté dans son jus, à attendre d'être rénové. Mon projet fétiche a été mis de côté et je ne le supportais plus. Comme le conseil d'administration ne voulait pas que ce soit une division, j'ai créé ma propre société : DW Boutiques. La Winston Corporation figure comme un investisseur, c'est comme ça que je capitalise. Mais tout est à mon nom. Si j'échoue, mon nom au sein de l'entreprise n'aura plus aucune valeur. Mon père me reléguera sans doute au service du courrier.

Un brasier illumina ses yeux et son cœur se gonfla.

— Derek, c'est incroyable. Toutes mes félicitations. Mais je ne peux pas, continua-t-elle.

Aussitôt, il sentit cet élan d'espoir retomber en cendres.

— Je n'ai pas de filet de sécurité.

— Bien sûr que si. Je suis là, moi.

Il souriait.

— J'aurai besoin d'un bon agent immobilier, ajouta-t-il.

— Ce n'est que le filet de sécurité au cas où l'entreprise échoue.

Une larme coula sur sa joue.

— La vérité, c'est que je n'étais même pas amoureuse de Léo. C'est mon ego qui a été blessé, et ma carrière aussi, ce qui m'a vraiment énervée. Mais si je mise tout et que je te perds...

Elle se leva et commença à faire les cent pas. Encore. Cette fois, il laissa sa frustration prendre le dessus.

— Pour l'amour du ciel, Amanda, je t'aime. Je t'aime suffisamment pour prendre un risque. Me lancer dans le monde avec toi à mes côtés et dire aux gens que nous sommes faits l'un pour l'autre, que nous sommes ensemble dans cette aventure, roue de hamster ou autoroute. Tu ne comprends pas, bébé ? Pour moi, tout tourne autour de toi. Oui, chuchota-t-il. Je t'aime vraiment.

Ses joues étaient baignées de larmes. Elle serrait les poings si fort que ses jointures blanchirent.

— Peut-être que je ne t'aime pas.

Il secoua la tête.

— Ce n'est pas crédible, dit-il. Je sais que tu m'aimes.

Un rire étranglé monta de sa gorge.

— Oui, dit-elle simplement. Je t'aime.

Passant la langue sur ses lèvres, elle ajouta :

— Mais ce n'est peut-être pas ce qui compte. Je suis désolée, Derek, lâcha-t-elle en se précipitant vers la porte. Vraiment désolée. Mais je dois y aller.

TREIZE

— Je veux être avec lui, dit Amanda à Jenna alors qu'elles étaient assises dans le bureau du *Fix*, juste avant l'heure de pointe du déjeuner.

Amanda venait de passer plus de vingt-quatre heures à ne rien faire, si ce n'est regarder des films à l'eau de rose et boire du vin. Et à part en matière de culture cinématographique, elle n'avait fait aucun progrès.

— Vraiment, tu sais. Je commençais à m'en rendre compte. Mais il est venu tout me balancer sans prévenir. Je n'étais pas prête. Enfin, il me fallait peut-être juste encore un peu de temps.

— Alors, dis-le-lui.

Amanda soupira.

— Je pensais l'avoir fait. Mais j'imagine qu'il a entendu *non* à la place.

D'ailleurs, c'était peut-être ce qu'elle avait dit. Il se faisait des idées sur la réalité d'une vie de couple – et sa comparaison avec une longue autoroute en direction de l'horizon ressemblait beaucoup à « jusqu'à ce que la mort vous sépare ». Entre une relation secrète même auprès de leurs amis – jusqu'à présent, du moins – et deux pierres tombales l'une à côté de l'autre, il y avait peut-être un juste milieu.

À moins qu'elle se cherche simplement des excuses.

— Pourquoi je me trouverais des excuses ? demanda-t-elle. Je veux dire, si je suis vraiment prête, si je l'aime comme je suis censée le faire, je ne devrais pas être prête à foncer ?

Jenna secoua la tête.

— Reece avait un tas d'excuses, lui aussi. Mais maintenant, on nage dans le bonheur, tous les deux. Tu as peut-être peur, c'est tout.

— C'est vrai, admit Amanda. J'ai vraiment peur. Que ça ne marche pas. Que mon entreprise échoue.

— Qu'elle échoue ? Pourquoi ?

— Je...

Elle leva les mains. La vérité, c'était qu'elle n'avait pas fait le moindre effort pour trouver de nouveaux clients potentiels depuis qu'elle connaissait Derek, et pourtant, elle en avait plus que jamais simplement avec les propriétaires qu'elle avait rencontrés dans son immeuble.

— Et merde.

Les larmes ruisselaient sur son visage et elle se sentait comme une idiote.

— Si je n'accepte jamais, au moins je ne peux pas me tromper.

Jenna fronça les sourcils.

— Quoi ?

— C'est ça. Je pense que c'est ce qui me retient.

Elle entortilla une mèche de cheveux autour de son doigt.

— Je pensais que j'aimais Léo, mais ce n'était pas de l'amour. C'était du désir. Et sur le moment, j'ai confondu les deux. J'ai cru que tout allait bien, puis il est parti. Boum. Tout ce que je croyais était faux.

— Alors, tu dis que ton opinion sur Derek pourrait être fausse, elle aussi ?

Amanda expira lentement.

— Et s'il se rend compte qu'il ne m'aime pas,

en fin de compte ? Ce serait logique, je suis une vraie timbrée. Il pourrait prendre ses jambes à son cou.

— Mais peut-être qu'il restera.

— Comment en être sûre ?

Jenna haussa une épaule.

— Tu ne peux pas. La question est de savoir si tu es prête à prendre ce risque.

Amanda hocha la tête en réfléchissant aux paroles de Jenna. Peut-être qu'elle avait raison et qu'il était impossible d'en avoir le cœur net. On ne sait jamais, dans la vie. Elle devait se concentrer sur ce qu'elle *savait*. Que Derek était là pour elle depuis le tout premier jour. Qu'il l'aimait. Qu'il la respectait. Elle n'était pas là pour la déco, comme elle en avait parfois le sentiment avec Léo.

Derek la voyait comme elle était. Il la respectait, elle et ses limites. Il soutenait ses espoirs et l'aidait à croire en ses rêves. Il était présent, dans le monde, avec elle.

Elle fronça les sourcils. C'était peut-être ça, l'amour. Se connaître et se soutenir.

Amanda commença à formuler sa pensée à haute voix, mais au même moment, Tiffany

Russell, l'une des serveuses, fit irruption dans la pièce.

— Oh ! Désolée ! Je ne voulais pas vous interrompre, mais je te cherchais, dit-elle à Jenna. Voici les clés de Taylor. Elle a dit que tu voulais emprunter sa voiture. Je l'ai utilisée pendant que la mienne était au garage, mais je n'en ai pas besoin aujourd'hui.

— Merci. Reece a la Volvo et j'ai besoin de faire un saut au supermarché.

— Un coup de main ? proposa Amanda.

— Non, merci, ça va. Et toi, tu vas mieux ?

— Beaucoup mieux. Tu es formidable.

— Je t'aime, lui dit Jenna.

— Moi aussi.

Parker but une gorgée de scotch.

— On peut résumer la situation : les femmes sont bizarres.

— Bien dit ! lança Derek en levant son verre pour trinquer avec Parker et Landon.

De l'autre côté du zinc, Éric le barman regardait une jolie serveuse qui débarrassait les verres dans la salle.

— Je suppose que tu es d'accord ? fit Derek.

Mais Éric s'empressa de dire qu'il avait quelque chose à faire et s'éclipsa.

— Alors, qu'est-ce que je dois faire, à votre avis ? demanda Derek.

— Est-ce que tu l'aimes ? fit Landon avant de vider son verre de bourbon.

— Oui. Aucun doute là-dessus.

— Alors, tu t'accroches, répondit Parker. Que veux-tu faire d'autre ?

— T'enfuir très loin ? plaisanta Landon.

— Mon ami flic a un cœur de pierre, expliqua Derek à Parker. De toute façon, je vais m'accrocher. Elle possède mon cœur. Si je m'enfuis, elle va me l'arracher. Et je crois bien que j'en ai besoin.

— Je dois t'interrompre, joli cœur, fit Landon. Tu deviens trop poétique. Ou plutôt pathétique.

Il fronça les sourcils avant d'ajouter :

— À moins que ça revienne au même ?

— Si tu comptes t'accrocher, dis-le-lui. C'est peut-être tout ce qu'elle a besoin d'entendre, reprit Parker. Si elle réalise qu'elle ne pourra pas se débarrasser de toi, elle choisira peut-être de t'accepter.

— Bien vu, fit Derek.

— Où est-elle, au fait ?

Derek leva une épaule, puis la laissa retomber.

— Aucune idée, dit-il en expirant. Tout ce que je veux, c'est qu'elle se ressaisisse et qu'elle se rende compte qu'on va très bien ensemble, tous les deux. C'est trop demander, vous croyez ?

— Pas que je sache, dit Landon d'une voix pâteuse, faisant traîner chaque mot. Mais les femmes sont bizarres. C'est pour ça que je ne veux plus avoir affaire à elles.

— Je devrais l'appeler, non ?

Derek regardait Parker. De toute façon, Landon n'était pas vraiment utile sur cette question.

— Ou je ferais mieux d'attendre et de lui laisser un peu d'espace ?

Parker secoua la tête.

— Je ne connais pas les règles en vigueur dans ce domaine. Je ne suis pas sûr que...

Hiiiiiiiiiiiiiii !!!

Un sinistre crissement de pneus retentit à l'intérieur du bar, suivi par un fracas métallique. Aussitôt, des sirènes de voiture se mirent à hurler.

Il n'y avait pas beaucoup de monde dans le

bar à l'heure du déjeuner, mais les rares clients se ruaient déjà vers la porte, Landon en tête.

Soudain sobre et professionnel, il lança :

— Appelez le 911. Dites-leur qu'on a besoin d'une ambulance, et vite.

— Qui est blessé ? demanda Derek en attendant que les secours donnent suite à son appel.

Mais Landon était déjà sorti.

Parker s'était précipité vers la vitrine.

— Je vais chercher Reece, s'écria-t-il. C'est Jenna.

— Quoi ?

Le cri derrière eux provenait de Tiffany, qui courait à présent vers la porte. Amanda la suivait, mais en passant devant Derek, elle lui lança un regard si malheureux qu'il faillit raccrocher rien que pour la réconforter.

— Oui, répondit-il au répartiteur, l'instant d'après.

Il donna toutes les réponses, les informations nécessaires, puis il raccrocha et sortit à son tour dans la foule bruyante.

Dès qu'il franchit la porte, Amanda se jeta dans ses bras. Il la serra fort, mais son esprit n'était qu'à moitié disponible. Il regardait la voiture. La silhouette affaissée de Jenna. Et ce trou dans la vitre arrière qui ne semblait pas provenir d'un accident.

Landon était à côté d'elle, la portière ouverte, et Tiffany trépignait non loin de là, son téléphone à la main. Elle disait à qui voulait l'entendre qu'elle était en ligne avec Taylor, et qu'il devait y avoir des airbags, normalement. Bon sang, pourquoi n'y avait-il pas d'airbags ?

Bientôt, les sirènes de police retentirent dans la rue, et en même temps, Reece accourut, si vite qu'il semblait voler. Il écarta les badauds, un masque de terreur à la place du visage, puis il s'agenouilla à côté d'elle juste au moment où le premier ambulancier arrivait sur les lieux.

Landon recula alors, consulta le deuxième secouriste, puis finit par rejoindre Derek qui regardait la scène, un bras autour d'Amanda.

— Ils pensent qu'elle va s'en sortir. Ils l'emmènent par précaution, mais je pense que tout ira bien.

— Je crois qu'elle est enceinte, dit alors Amanda. Elle n'a rien dit, mais...

— C'est exact, répondit Landon. Elle l'a indiqué aux ambulanciers. C'est aussi pour ça qu'ils la conduisent à l'hôpital. Pour plus de sécurité.

Amanda hocha la tête, hésitant entre l'inquiétude et le soulagement.

— Autre chose : quelqu'un a jeté une brique par la vitre arrière. C'est ce qui lui a fait perdre le contrôle.

— Quoi ?

— Qui ferait une chose pareille ? s'exclama Derek.

— Aucune idée. Mais je vais me renseigner. Essayez de savoir si quelqu'un a vu quelque chose, dit-il, son regard alternant entre eux deux. Vous devriez peut-être rentrer chez vous, non ?

— Peut-être, fit Derek une fois que Landon fut hors de portée d'oreilles. Tu veux rentrer chez moi ?

— Non.

Ce mot sec lui fendit un peu plus le cœur.

— J'aimerais te dire oui. Mais d'abord, il faut que je te dise quelque chose.

— Que...

Mais il ne put pas terminer. Elle venait de le faire taire par un baiser, long et intense, débordant de passion.

— Je t'aime, dit-elle enfin en s'écartant. Et surtout, je sais que tu m'aimes aussi. Et j'ai compris ce que ça signifie. Ça signifie que tu es ici. Avec moi. À mes côtés, peut-être pour toujours. N'est-ce pas ?

Il hocha la tête, les jambes soudain faibles.

— Nulle part ailleurs, bébé.

— C'est ce que je veux, dit-elle en désignant l'ambulance d'un mouvement de la tête. Pas l'accident. Mais ce qu'ils partagent, tous les deux. Reece et Jenna. Mes parents, aussi. Et mon frère, maintenant qu'il a trouvé Shelby. Je pense que tu es le bon, Derek.

Elle passa la langue sur ses lèvres.

— Tu es l'homme qui sera toujours à mes côtés. Je le crois. Honnêtement, j'en suis même sûre.

— Bébé...

Il lui prit la main avec l'intention de l'embrasser, mais elle parlait toujours.

— Je suis désolée d'avoir eu peur. D'avoir été bête. Ou les deux. Mais je t'aime.

Elle renifla.

— Je pensais qu'en faisant l'autruche, je pourrais me protéger.

Une fois de plus, elle désigna la voiture amochée.

— Mais c'est impossible.

— Tu as raison.

— Alors, si je dois m'aventurer sur ces longues routes obscures et effrayantes dont tu parles, je veux quelqu'un de fort à mes côtés. Je te choisis, toi, dit-elle.

— C'est parfait. Parce que moi, je t'ai déjà choisie il y a longtemps.

— Dis-le encore, supplia Amanda alors que Derek s'enfonçait profondément en elle.

Il était encore tôt, mais ils avaient passé le reste de l'après-midi au lit à faire l'amour. Brutalement et avec force. Puis langoureusement, avec une infinie douceur. L'un comme l'autre, c'était bon. Parce qu'ils étaient fous de désir.

— Dis-le, répéta-t-elle.

— Je t'aime, murmura Derek en la pénétrant. Je t'aime, Amanda. Et je t'aimerai toujours.

— Je t'aime aussi.

Mais elle ne put en dire plus, parce qu'il était tout proche et qu'il avait accéléré son rythme, ses coups de reins toujours un peu plus forts jusqu'à la remplir complètement, jusqu'à ne plus savoir où il finissait et où elle commençait.

— Touche-toi, demanda-t-il. Jouis avec moi.

Avec un gémissement, elle glissa sa main entre leurs corps, puis caressa son clitoris. Sa passion monta en flèche et elle sentit ses muscles se contracter. Enfin, plus rapidement qu'elle ne l'aurait cru, son corps explosa. Son sexe convulsa dans la puissance de l'orgasme, lui soutirant son plaisir. Il bascula à son tour et ils s'effondrèrent ensemble, épuisés et comblés, dans les bras l'un de l'autre alors que le monde se reconstituait lentement.

— C'était merveilleux, murmura Amanda.

— Tu es merveilleuse.

Elle sourit sans se retourner, trop lessivée pour bouger.

Du moins, c'était ce qu'elle pensait jusqu'à ce que le téléphone sonne. Elle s'y précipita et lâcha une prière silencieuse en voyant que c'était Reece.

— Comment va-t-elle ?

— Très bien, dit-il. Et le bébé aussi.

— Dieu merci.

Elle fit un signe de tête à Derek en levant le pouce.

— Jenna a dit qu'elle avait une faveur à demander à Derek, et qu'il ne la refuserait sûrement pas à une femme enceinte blessée

— Quoi donc ?

— L'un des candidats s'est désisté pour le prochain concours de l'Homme du Mois. Elle aimerait qu'il prenne sa place.

Amanda laissa ses yeux dériver vers l'homme nu à côté d'elle, puis elle décréta qu'elle était suffisamment généreuse pour partager son torse avec tout le monde. Tant qu'il n'y avait pas de contacts physiques.

— Il est partant, dit-elle en lui lançant un sourire diabolique.

— Tu ne veux pas le lui demander d'abord ?

— Non, répondit-elle en reculant précipitam-ment pour échapper à Derek, qui tentait de lui prendre le téléphone des mains. Il m'a dit qu'il m'aimait et qu'il ferait n'importe quoi pour moi. Alors, c'est moi qui décide. Attends ! glapit-elle lorsque Derek lui arracha le téléphone.

La dernière chose qu'elle entendit, ce fut l'écho du rire de Reece.

À peine deux semaines plus tard, elle se tenait dans le public, au *Fix*, sur la 6ᵉ Rue, et regardait la foule s'extasier devant son splendide petit ami torse nu.

— Ils savent qu'il est à moi, n'est-ce pas ? demanda-t-elle à Jenna, qui utilisait toujours une béquille, autrement en parfaite santé.

— Oui, ne t'inquiète pas.

Amanda hocha la tête avec satisfaction.

— Je savais qu'il allait gagner, tu sais.

— Ah oui ? Comment ça se fait ?

Elle haussa les épaules.

— Facile. C'était mon homme du mois, l'année dernière. Il était temps qu'il obtienne le titre qui va avec.

Puis elle envoya un baiser à l'homme qu'elle aimait et soupira de plaisir lorsqu'il l'attrapa au vol et lui en renvoya un autre. Il n'avait d'yeux que pour elle.

ÉPILOGUE

— Soit vous me laissez inspecter l'appartement, soit vous venez dormir chez moi. À vous de choisir.

Landon regardait fixement la fille. Compte tenu de leurs dix années de différence d'âge, il devait continuer à la considérer comme une *fille*.

— Je ne prendrai pas de risques avec vous. Brent me massacrerait s'il vous arrivait quelque chose.

— Ce n'est pas Brent qui commande.

Taylor rejeta ses cheveux en arrière avec un haussement d'épaules. Landon savait très bien qu'elle essayait de jouer la colère. Mais en réalité, elle était effrayée.

Bon Dieu, étant donné ce qui s'était passé la

semaine passée, elle serait idiote si elle ne paniquait pas un peu. D'abord, sa voiture alors que Jenna était au volant. Maintenant, les messages inquiétants. Et voilà qu'elle rentrait chez elle pour trouver son appartement ouvert. Peut-être avait-elle oublié de fermer à clé en partant... mais il n'allait pas se gêner pour passer les lieux au peigne fin.

Une main sur son épaule, il la sentit se raidir sous sa paume. Immédiatement, il regretta son geste. Il avait ressenti une alchimie spéciale entre eux dès l'instant où ils s'étaient rencontrés, quand elle lui avait foncé dessus sur la 6e Rue, manquant de le faire tomber par terre.

C'était cette alchimie qui avait failli l'empêcher d'accepter la mission.

Et en même temps, c'était cette alchimie qui l'avait convaincu d'y aller.

Le fond du problème, c'était qu'il ne faisait confiance à personne d'autre pour la garder en sécurité. Voilà pourquoi il lui collait au train. Vingt-quatre heures sur vingt-quatre. Enfin, c'est une image.

— Attendez ici, dit-il avant de faire quelques pas, son arme dégainée au cas où.

Il inspecta chaque pièce, chaque placard, chaque coin et recoin. *Rien.*

— Taylor ?

— Je suis là. Tout va bien. Mais pourriez-vous... *Ah !*

En un instant, il fut à côté d'elle là où il l'avait laissée, près de la porte d'entrée fermée.

— Quoi ?

Il vrilla le poignet afin de balayer tout l'espace avec le canon de son arme.

— C'est peut-être votre imagination ? demanda-t-il.

Au même moment, un petit chat tigré sauta du haut du réfrigérateur. Landon s'écarta de son chemin et Taylor bondit dans ses bras avant de prendre conscience que la menace n'était autre qu'un chat.

Son corps souple se retrouva pressé contre le sien, la sensation de ses courbes tellement délicieuse après une longue période de sécheresse. Non, se dit-il avant d'égrener toutes les raisons qui en faisaient une très mauvaise idée. C'était un abruti, et s'il faisait quoi que ce soit, il le regretterait le lendemain matin.

Ces mots produisirent leur effet. Mais la chaleur de son corps aussi. Tout comme le mouvement effréné de sa poitrine contre la sienne.

— Landon.

Sur ses lèvres, son prénom avait l'intonation du péché.

Ce fut tout. Il n'en fallait pas plus pour lui faire balayer ses scrupules, enfreindre toutes les règles qu'il s'était fixées. Et avec une avidité presque violente, il la serra contre lui, pencha la tête et prit possession de sa bouche.

Envie d'en découvrir plus ? Voici un extrait du prochain tome de la série *L'Homme du mois*...

Diable au corps
Mister Août

Bulletins d'information de JK

Abonnez-vous à la newsletter de l'édition française de JK pour des informations sur les sorties en français, les apparitions en France, et plus encore. Cliquez ici pour vous abonner afin de ne rien manquer! (Veuillez noter: la newsletter sera rédigée à l'aide de Google Translate (tout comme cette note), mais tous les livres sont traduits et relus par des professionnels!)

http://eepurl.com/g8ezqD

Et si vous souhaitez recevoir toutes les actualités en anglais, vous pouvez vous abonner à la newsletter de JK en anglais ici:

http://eepurl.com/-tfoP

Chapitre premier

Taylor D'Angelo fit la grimace en tendant sa carte de retrait. C'était une carte rechargeable, qu'elle remplissait à partir de son compte-chèques au début de chaque mois avec le montant exact de ses dépenses prévues. Puis elle croisa les doigts, alluma une bougie et supplia le dieu des finances de la laisser vivre un mois de plus sans crise.

Ce mois-ci, les dieux devaient être en rogne, car dès que la caissière aurait glissé sa carte dans le lecteur, Taylor aurait officiellement dépassé de cent cinquante dollars son budget mensuel.

Tout cela à cause d'un abruti qui avait jeté une brique par la vitre de sa Toyota Corolla, toute cabossée mais encore en bon état de fonctionnement.

Six ans plus tôt, elle s'était convaincue d'acheter ce modèle gris métallisé au fond du parking, derrière le magasin de voitures d'occasion. Ce n'était pas un concessionnaire. Non, elle s'était rendue dans ce genre d'établissement qui acceptait les paiements cash ou vous envoyait négocier avec un gars prénommé Guido pour obtenir un financement. Il lui avait fallu tout un après-midi pour prendre sa décision, mais elle ne l'avait pas regrettée. La voiture était toute simple, sans fioritures ni tralalas, mais au moins, c'était la sienne. Synonyme de liberté.

C'était l'une des rares occasions où elle avait utilisé l'argent qu'elle avait reçu de son père. Pour elle, c'était de l'argent sale, celui du sang. Pendant des années, elle avait essayé de faire comme si cet argent n'existait pas. Mais la fac coûtait très cher et elle s'était retrouvée confrontée à un dilemme difficile : reporter ses études, le temps qu'elle travaille et économise pour se payer les frais de scolarité, ou s'inscrire en dépensant ces dollars malsains pour une bonne cause.

Elle s'était inscrite. Et elle avait utilisé l'argent pour les frais de scolarité de son premier semestre et la caution de son appartement.

En deuxième année, ses notes étaient assez bonnes pour lui permettre de décrocher une bourse d'études. Entre ce montant et le petit salaire de son job étudiant, elle tenait bon. Les dollars de son père pouvaient pourrir à la banque, elle s'en fichait éperdument.

D'ailleurs, maintenant qu'elle était sur le point d'obtenir son master, elle songeait à tout donner aux bonnes œuvres.

Sauf qu'elle ne l'avait pas fait. Et elle ne le ferait pas. Parce qu'un jour, elle pourrait en avoir besoin à nouveau. Pas pour des études, cette fois, mais pour la survie.

Un jour, elle allait peut-être devoir fuir.

Pitié, mon Dieu, non. Faites que ce soit terminé. Que je vive enfin en sécurité.

De l'autre côté du comptoir, la caisse cracha un reçu, accompagné d'un bip électronique qui tira Taylor de ses pensées. La caissière glissa le papier vers elle, et pendant une minute, Taylor hésita. Ce serait si facile d'utiliser sa réserve pour couvrir la franchise. Pour financer le loyer et les courses. Serait-ce vraiment si terrible ?

Oui. La question ne se posait même pas.

Taylor soupira, le stylo dans sa main.

— Quelque chose ne va pas ?

La fille derrière le comptoir avait une peau parfaite, des ongles soigneusement entretenus, des cheveux blonds coiffés à la perfection et sûrement la vie idéale qui allait avec, sans parler des parents qui non seulement lui payaient l'université, mais qui l'aimaient vraiment.

Bon sang, quelle amertume !

Taylor secoua la tête.

— Non. Aucun problème. J'ai juste passé une semaine de merde. Avec des dépenses imprévues.

— Je comprends. Je devais aller à San Antonio avec des amis, mais comme j'ai tout juste de quoi payer mon loyer, je fais des heures sup.

D'un geste, elle désigna l'intérieur de l'atelier de réparations automobiles. Un homme en costume était en train de lire un magazine professionnel tandis qu'un gars en bottes de motard se curait attentivement les ongles avec la pointe d'un canif.

— Mais ça va. C'est l'éclate ici.

Taylor se mit à rire. Elle s'en voulait de l'avoir mal jugée. En temps normal, elle n'était pas aussi peste que ça. Après tout, elle était bien placée pour savoir que l'apparence correspondait rarement à la vraie personnalité.

Elle signa le bordereau, puis le remit à la caissière, qui l'échangea contre ses clés.

Sa voiture était derrière le magasin, et dès qu'elle fut assise, elle ferma les yeux en se disant qu'elle avait pris la bonne décision et que tout irait bien. C'était vrai, et elle le savait. Seulement, elle en avait assez d'être fauchée. Très honnêtement, les bonnes décisions payaient super mal.

Pourtant, elle s'en sortait. Elle avait un excellent boulot chez Texas Performing Arts, dans le cadre d'un programme travail-études. Ça ne payait pas beaucoup, mais l'expérience était inestimable. Elle y travaillait depuis sa deuxième année de licence, et maintenant elle allait obtenir son master. Elle avait tendance à décrocher les meilleures missions grâce à son ancienneté.

Sans compter qu'on la payait pour organiser le concours de l'Homme du Mois, au bar le *Fix*, sur la 6e Rue. C'était divertissant et la rémunération était plutôt bonne. Ce concours pour l'élaboration d'un calendrier avait été lancé quelques mois plus tôt, lorsque le bar avait de sérieux problèmes financiers, afin d'attirer plus de clients. Les résultats avaient été meilleurs que prévu, et maintenant le *Fix* attirait des foules impressionnantes tous les soirs, et pas uniquement les deux mercredis par mois où le concours avait lieu.

Elle vérifia sa montre. Plus que trois heures avant le spectacle. Elle pesta tout bas. Elle aimait avoir trois heures pleines pour la préparation, et maintenant, elle allait manquer de temps.

Frustrée, elle tourna la clé de contact. La voiture s'anima et elle s'engagea dans la circulation de dix-sept heures qui obstruait Burnet Road en direction du *Fix*, plus au sud.

Avec la circulation, il lui fallut près de quarante-cinq minutes pour se rendre au centre-ville, trouver une place de parking qui ne lui coûterait pas plus cher que son loyer, puis piquer un sprint jusqu'au *Fix*. Elle franchit les portes à bout de souffle pour constater que quelqu'un avait déjà sorti le projecteur du placard de rangement et l'avait installé exactement comme il fallait.

Elle fit un détour par le bar au lieu de se diriger vers la scène, s'approchant de Jenna, l'une des copropriétaires du *Fix*, également responsable du concours.

— C'est toi qui as fait ça ?

Jenna glissa une mèche de longs cheveux roux derrière son oreille en secouant la tête.

Avant que Taylor puisse lui demander qui avait préparé le projecteur, Cameron Reed apparut au bar et lui donna un Coca Light.

— Quand Mina s'est rendu compte que tu serais en retard, elle a voulu donner un coup de main.

— C'est gentil, répondit Taylor.

Mina était la petite amie de Cameron et elle avait récemment obtenu son master en cinéma.

— Bien sûr, ce que j'aimerais encore plus, c'est que tu mettes un peu de rhum là-dedans, ajouta-t-elle en remuant les glaçons dans son verre. C'était de la folie aujourd'hui.

— Qu'est-ce qui s'est passé ? demanda Jenna.

— Oh, rien de bien méchant. Tout peut s'arranger en braquant les projecteurs sur douze beaux mecs à moitié à poil sur une scène.

Jenna pouffa et Taylor lança un sourire à Cam, aux larges épaules et aux yeux d'un bleu océan.

— On a pas mal d'anciens du calendrier qui

travaillent ici. On devrait peut-être les faire bosser torse nu.

— Laisse-moi te dire non directement, répondit Cam – Mister Mars, en l'occurrence. Et j'imagine que Reece et Tyree ne seront pas plus emballés par l'idée.

— C'est moi qui y mets mon veto, reprit Jenna, sa main sur son ventre, même si sa grossesse ne se voyait pas encore. À l'exception de sa photo dans le calendrier et de ses quelques minutes sur scène, personne ne verra Reece torse nu sauf moi.

Taylor éclata de rire et Cam pointa vers elle le pistolet à soda en disant :

— J'allais oublier. Taylor, quelqu'un a laissé un mot pour toi. Je l'ai mis dans le bureau. Donne-moi une seconde et je vais le chercher.

Sur ce, il quitta le bar, laissant Éric Shay, l'autre barman, aux commandes pour la soirée.

Taylor avait la chair de poule en regardant Cam disparaître dans le petit couloir conduisant au bureau. Elle but une gorgée de Coca Light en se disant que ce n'était sans doute rien. Tout comme le premier message qu'elle avait reçu.

Malgré tout, elle ne put réprimer une sensation d'effroi.

Deux semaines plus tôt environ, elle avait trouvé une carte de vœux anonyme dans son sac à dos. On avait dû la lui glisser quand elle était dans le département de théâtre. Elle avait changé de sac à dos ce matin-là, et quand il ne se trouvait pas par terre dans l'atelier du théâtre – une salle caverneuse où les décors étaient fabriqués – elle le gardait sur son épaule ou dans le coffre de sa voiture. Il n'y avait donc aucune autre possibilité.

Elle avait trouvé l'enveloppe tard dans la soirée, alors qu'elle vidait son sac sur la table de la cuisine avant de se mettre au travail. Il était coincé entre deux scripts et une anthologie de farces classiques qu'elle devait lire. Son propre prénom était inscrit à l'encre bleue, les lettres stylisées occupant la majeure partie de l'enveloppe. Elle avait supposé que c'était une invitation à une quelconque soirée.

À l'intérieur se trouvait une carte de vœux démodée, sous forme de fenêtre avec des rideaux de tulle flottant au vent. Le message disait : *Encore maintenant, je suis à ta fenêtre.*

Ce qui, bien sûr, aurait été effrayant si Taylor n'avait pas compris la référence – la réplique d'une chanson présentée dans la comédie musicale *Sweeney Todd*. Cette référence musicale lui laissait croire que la carte venait de Reggie.

Étudiant de dernière année, Reggie Jones était l'un des quinze élèves du séminaire du Docteur Bishop sur la conception de décors. Taylor n'était pas officiellement l'assistante pédagogique de Bishop, mais c'était son conseiller dans le cadre de son master, et quand il lui avait demandé de faire une présentation sur le design minimaliste, elle s'était exécutée avec plaisir.

Par la suite, Reggie s'était attardé avec d'autres élèves pour discuter, et quand elle l'avait rencontré plus tard dans la salle de pause, ils avaient bavardé de leur amour commun pour les comédies musicales, notamment les œuvres de Sondheim.

Après deux autres rencontres fortuites du même type, il avait trouvé le courage de l'inviter à sortir avec lui.

Elle avait refusé, bien sûr. D'une part, elle n'était pas du tout attirée par ce garçon. Comme ce n'était pas le genre de réponse qu'elle pouvait lui donner, elle s'était contentée de dire qu'elle n'avait pas de temps pour ça. Qu'elle ne cherchait pas de relation pour le moment.

Ce n'était pas faux, mais pas tout à fait vrai

non plus. Elle n'avait aucun intérêt à entamer une relation, et sa vie était beaucoup trop compliquée à ce jour, même si elle n'avait rien contre les histoires d'un soir. En tout cas, pas avec Reggie. Ni avec un gars qui chercherait à aller plus loin.

— Taylor ?

Surprise, elle tourna la tête vers Jenna et prit conscience qu'elle regardait fixement les bulles dans son verre, comme hypnotisée.

— Quoi ? Oh, pardon. J'étais ailleurs. Ça va.

Elle sourit de toutes ses dents et s'efforça de retrouver le moral assorti.

Mais dès que Cam revint avec le message, sa gaieté de façade s'effrita. L'enveloppe était la même. De la taille d'une carte de vœux. Papier de grande qualité, avec son prénom en écriture raffinée. Elle déglutit. Encore Reggie, certainement. Il savait qu'elle travaillait ici. Il devait se trouver plein de charme, à la courtiser ainsi avec des cartes. Il avait sans doute prévu toute une campagne. Carte après carte, avant de lui envoyer un bouquet de roses et de renouveler sa proposition.

C'était forcément Reggie. Parce que, bon sang, elle n'était pas prête à envisager l'option alternative.

Lentement, elle glissa le doigt sous le rabat et le décolla. Puis elle retira soigneusement la carte. Une paire d'yeux fermés ornait la couverture. À l'intérieur de la carte, quelqu'un avait écrit : *Tu m'appartiens.*

La carte lui échappa de la main et elle s'humecta les lèvres.

— Euh, Cam ?

Sa voix, remarqua-t-elle, paraissait relativement normale.

— Tu sais qui a laissé ça ?

— Désolé. C'était hier soir. On était débordés et je remplaçais Éric, alors j'étais tout seul ici.

— D'accord. Je comprends.

Elle s'éclaircit la gorge.

— Tu te souviens si c'était un gars aux cheveux très blonds, presque jaunes ? Un peu débraillé ?

C'était peut-être vraiment Reggie. Après tout, *Le Fantôme de l'Opéra* avait une réplique identique. *Ferme les yeux,* chantait le fantôme à Christina. Et puis plus tard : *Tu m'appartiens.*

Pas Sondheim, certes, mais toujours dans le registre des comédies musicales.

Cam secoua la tête.

— Désolé. Ça ne me dit rien.

Jenna serra la main de Taylor.

— Tu me fais peur. Que se passe-t-il ? Qui a les cheveux blonds ?

Taylor essaya de hausser les épaules avec nonchalance.

— Juste un gars de la fac. Il craque pour moi et il n'est pas très subtil. Mais je ne suis vraiment pas intéressée.

Elle voyait bien que Jenna n'était pas convaincue. Avant qu'elle puisse insister, Taylor baissa les yeux sur le ventre encore plat de Jenna.

— Je suis tellement contente que le bébé aille bien. Si tu savais comme je suis désolée.

— Tu plaisantes ? répondit Jenna en passant une main protectrice sur son ventre. Ce n'était pas du tout ta faute. Tout va bien. Et c'est moi qui suis désolée. Enfin, c'est ta voiture. Tu vas m'envoyer la facture pour le pare-brise, n'est-ce pas ?

— Ne sois pas bête. L'assurance prend tout en charge.

C'était un mensonge, mais elle n'allait pas préoccuper Jenna davantage, même si le remplacement allait laisser un vide de cent cinquante dollars dans le compte en banque de Taylor.

— En plus, ça aurait pu tout aussi bien m'arriver à moi. Je veux dire, si j'avais été...

Mais bien sûr ! Comment avait-elle pu être aussi stupide ?

Cette brique n'avait pas atterri là par hasard, et elle n'était certainement pas destinée à Jenna. C'était un avertissement pour elle.

Elle baissa les yeux avant de se rendre compte qu'elle avait froissé la carte, le poing serré autour du bout de carton.

Ce n'était pas Reggie. Évidemment que ce n'était pas Reggie.

Il l'avait retrouvée. Elle ignorait comment, mais il l'avait retrouvée.

— Bon, Taylor, excuse-moi, mais tu commences à me faire peur.

— Quoi ? Pourquoi ?

— Tu couves quelque chose ? fit Jenna en tendant la main pour la poser sur son front.

Taylor faillit en rire.

— Tu feras une très bonne maman.

— Et toi, tu fais une mauvaise patiente.

Elle leva la main, faisant signe à quelqu'un derrière Taylor.

— Qu'y a-t-il ? s'enquit Mina en se glissant entre elles, ses bras sur leurs épaules.

Mina avait les cheveux coupés court, à la

garçonne. Elle leur adressa un sourire espiègle avant d'envoyer un baiser à Cam.

— Je renvoie Taylor chez elle, expliqua Jenna. Elle couve quelque chose. Tu peux jouer la régisseuse pour la soirée ?

— Oh, comme si ce que je faisais n'était qu'un jeu, rétorqua Taylor sur le ton de la plaisanterie.

Mina se redressa en se frottant les mains.

— Carrément. Il suffit de braquer le projecteur sur le candidat le plus canon et...

— Oui, bien sûr, fit Jenna. Si je te laisse faire, tu vas diriger le projecteur sur le bar de Cam toute la soirée.

— Certainement pas, s'écria Mina alors que le principal intéressé redressait ses épaules en se frottant les ongles sur le torse, feignant la vantardise. Je ne veux pas le montrer au reste du monde. Tu es à moi, ajouta-t-elle à son intention.

— Et ça me convient parfaitement.

Les femmes éclatèrent de rire.

— Bonne réponse, souffla Mina.

— Tu es sûre que ça ne te dérange pas ? demanda Taylor à Mina. Je me sens vraiment mal aujourd'hui.

— Tu plaisantes ? Je vais me régaler.

— Merci.

Elle glissa du tabouret, laissant un billet pour le soda et le pourboire.

— Je m'en vais avant qu'il y ait trop de monde.

Comme c'était le début du mois d'août, le soleil ne s'était pas encore couché, même s'il déclinait à l'horizon derrière elle, projetant de longues ombres effilées sur le trottoir alors qu'elle se dirigeait vers l'est, sur la 6ᵉ Rue, en direction du parking. Elle gardait les yeux rivés sur son ombre, nerveuse chaque fois qu'une autre silhouette apparaissait, indiquant que quelqu'un arrivait d'un pas rapide derrière elle.

À deux reprises, elle se retourna pour voir qui la suivait, mais ce n'était qu'un homme en costume la première fois, et la deuxième, une grande fille en jean et débardeur qui sautillait, ses écouteurs sur les oreilles.

— Détends-toi, s'intima-t-elle.

Brusquement, elle sursauta lorsque le bip de son téléphone portable indiqua l'arrivée d'un texto. Une fois de plus, elle accusa ses nerfs en pelote et afficha le message. Elle resta pétrifiée.

C'était une photo d'elle en train de quitter son appartement, avec un jean près du corps et un t-shirt du *Fantôme de l'Opéra*, ses longs cheveux bruns flottant autour de ses épaules l'une des rares fois où ils n'étaient pas coiffés en arrière. *Hier.*

Elle resta plantée sur le trottoir en attendant un autre texto. Un message. Un emoji. N'importe quoi pourvu qu'elle comprenne. Ou à défaut, qu'elle sache qui en était l'auteur.

L'ennui, c'était qu'elle connaissait déjà la réponse à cette question. N'est-ce pas ?

Et si elle ne se trompait pas, elle n'avait que deux choix : s'enfuir ou obtenir de l'aide.

Elle songea à ce qu'un nouveau départ impliquerait. La logistique pour trouver un endroit sûr où se cacher. La solitude, loin de ses amis. La perte de son emploi. Elle n'aurait plus rien, sauf ses pensées sinistres. Et bien sûr, l'argent de son père.

Un frisson la traversa et elle sut ce qu'elle devait faire.

Tournant les talons, elle rebroussa chemin le long de la 6e Rue, à pas lents, jusqu'au *Fix*.

je suis complètement foutu.

Cette pensée tourne en boucle dans ma tête et j'essaie de la repousser. De l'étouffer. De la faire taire. Parce que ce n'est vraiment pas le genre de pensées qu'un homme a envie d'entendre alors qu'il a sa langue dans la bouche d'une femme. Ni quand son petit corps chaud se presse contre lui. Ni quand sa queue est plus dure qu'il l'aurait cru possible et qu'il n'a qu'une seule envie, remonter les mains sur ses cuisses et sous sa jupe avant d'arracher sa culotte et se laisser chevaucher jusqu'à voir trente-six chandelles.

Mais cette pensée menace : *Foutu. Totalement, complètement, à cent pour cent... foutu.*

Parce que cette femme m'est interdite. Et plutôt deux fois qu'une. Aucune excuse possible. Zone gardée.

Bien sûr, si quelqu'un nous regardait, il ne s'en rendrait pas compte en ce moment. J'ai la main sur sa poitrine et elle se cambre. Entre mon pouce et mon index, je titille son téton tandis qu'elle se mordille la lèvre inférieure, émettant ces petits gémissements plaintifs qui me rendaient fou autrefois.

Apparemment, c'est encore le cas.

J'ai déjà dit que j'étais foutu ?

J'interromps le baiser, conscient que nous avons tous deux besoin de respirer, sans quoi je finirai par la baiser ici, contre la machine à laver. Le parfum de l'adoucissant se mêlera à l'odeur de sexe et de désir pendant que je la prendrai avec fougue, comme je rêve de le faire. Comme je sais qu'*elle* aussi rêve de le faire.

— Connor, *s'il te plaît.*

Mon prénom est une supplication sur ses lèvres et, pauvre de moi, je cède et prends sa bouche. Je suis prêt à tout pour voler encore quelques instants de bonheur éphémère.

— Oh, c'est bon, *oui*, murmure-t-elle en crispant les doigts dans mes cheveux.

Elle me grimpe presque dessus, relâchant son étreinte juste assez longtemps pour poser les fesses sur le couvercle de la machine à laver, refermant les jambes autour de ma taille.

Je passe une main sur sa nuque, mais l'autre reste posée sur la peau douce de sa cuisse. En ouvrant les yeux un instant, je vois que sa jupe est soulevée, révélant le tissu rose de sa culotte, où une tache sombre m'indique à quel point elle est humide.

Je gémis – cette femme pourrait-elle me torturer encore plus ? – et me retiens de glisser le doigt sur sa cuisse, en dépit de mon idée fixe : la sentir nue sous mon corps, son sexe chaud et moite, serré quand je la pénètre.

Je me rappelle la façon dont elle se mord la lèvre inférieure au moment de jouir, dont son corps se contracte autour de moi comme si elle pouvait me faire éclater telle une cerise trop mûre.

Je me rappelle ces instants de délice lorsque j'explosais en elle, puis la serrais contre moi pour inspirer le parfum frais et propre de ses cheveux tandis que nous sombrions dans le sommeil, sa peau chaude et souple contre moi.

Oh, bon sang…

Je ne suis pas seulement foutu. Je suis baisé. Complètement et intégralement baisé.

Parce que cette femme est la petite sœur de mon meilleur ami.

Et ce n'est pas tout, elle est aussi responsable administrative pour la société que je possède avec Pierce et mon frère. Imaginez la situation gênante lundi matin au bureau...

Mais la véritable cerise sur le gâteau, c'est qu'il s'agit de mon ex. La femme avec qui *j'ai* rompu. La fille que j'ai quittée pour une pléthore d'excellentes raisons, et notamment les quatorze années de différence d'âge que même nos corps-à-corps torrides ne pouvaient pas effacer.

Nous savions que l'attirance était toujours réelle, mais nous avions convenu que c'était terminé. Et depuis, nous avons su nous montrer plutôt matures à ce sujet.

Et voilà que je laisse deux martinis, un peu de champagne de fête et une dose généreuse de bourbon pur me conduire tout droit dans la buanderie, tout droit dans mon propre enfer au goût de paradis.

Je crois que c'est tout le dilemme du fruit défendu.

— Kerrie...

Avec douceur, je la repousse, mais une nouvelle bouffée de désir monte en moi quand je vois ses lèvres gonflées et la couleur sensuelle de ses joues.

— Juste une fois, chuchote-t-elle. Ensuite, on sort et on n'en reparle plus jamais.

Elle me prend la main et la passe sous sa jupe jusqu'à ce que mes doigts se retrouvent contre son sexe.

— S'il te plaît, Connor, murmure-t-elle. Pour le bon vieux temps ? J'ai tellement envie.

— On a dit qu'on ne...

Je n'ai pas le temps d'aller au bout de ma pensée, car elle pose sa main sur la mienne et écarte sa culotte. À présent, mes doigts sont sur sa vulve, son clitoris enflé et sensible sous mon index.

— Ne pense pas à nous. Dis-toi que c'est un service public. Et moi, je suis ton public conquis.

— Ils vont le savoir, dis-je.

Je sais très bien que l'orgasme la fera crier, et nos amis sont dans la pièce à côté, rassemblés dans le salon pour fêter les fiançailles de mon frère Cayden.

Mais je proteste uniquement pour la forme. Après tout, je reste un homme. Un homme capable de résister aux flots d'alcool qui submergent sa jugeote, peut-être, mais complètement impuissant devant cette furie. Et elle en est bien consciente.

Mon pouce s'active déjà sur son clitoris, mes doigts vont et viennent en elle. Si elle crie, elle devra étouffer elle-même le bruit, parce que j'ai trop envie de la goûter. Je dois m'assurer qu'elle est aussi bonne que dans mes souvenirs, même si je connais déjà la réponse. Comment pourrait-il en être autrement ? Après tout, cette femme est un véritable fruit défendu, et en me mettant à genoux, je n'ai qu'un seul désir, croquer une dernière bouchée de cette pomme.

— On ne devrait pas, murmuré-je.

Une dernière protestation bien futile et vaine.

— Je sais, répond-elle d'une voix tendue, éperdue. Je sais, répète-t-elle. Disons que c'est un autre adieu. Le dernier clou dans le cercueil. Je sais que c'est fini, tu l'as dit et je comprends. Mais pour l'instant, faisons semblant.

Je ne sais pas si je dois embrasser ces mots ou m'en éloigner. Tout ce que je sais, c'est Kerrie. Tout ce que je connais, c'est ce besoin violent et intense.

Alors que mon frère jumeau et sa fiancée jouent les hôtes parfaits auprès de nos amis, je glisse mes paumes sur les cuisses de Kerrie et les écarte un peu plus. Puis, pour ce qui sera définitivement et catégoriquement la toute dernière fois, j'enfouis mon visage entre les jambes de cette femme qui, autrefois, m'appartenait tout entière.

BLACKWELL-LYON SÉCURITÉ
Nos adorables mensonges
Nos drôles de jeux
Nos belles erreurs
Nos plus beaux rôles

APPRIVOISE-MOI

UN EXTRAIT

— *Et* bien, me dis-je, *c'était vraiment une sacrée fête.*

Le dos tourné à l'océan Pacifique, j'observe l'équipe qui démonte habilement les jolies tentes blanches. On a déjà débarrassé les restes du festin et jeté les déchets. L'orchestre est parti il y a des heures, les derniers invités ont pris congé.

Même les paparazzis qui campaient sur la plage dans l'espoir d'accaparer quelques photos juteuses du mariage de ma meilleure amie, Nikki Fairchild, avec l'archimultimilliardaire et ancien champion de tennis Damien Stark ont disparu depuis longtemps.

Poussant un soupir, je me dis que ce vague à

l'âme qui m'envahit n'est pas du spleen. C'est plutôt la gueule de bois après une nuit blanche passée à boire et à faire la foire. Bien sûr, je me raconte des histoires. J'ai un cafard monstrueux, mais je suppose que c'est normal. Après tout, je viens d'assister au mariage de ma meilleure amie avec le seul homme dans tout l'univers totalement et irrémédiablement parfait pour elle. C'est génial, et j'en suis vraiment et sincèrement heureuse, mais elle l'a trouvé sans s'être envoyée en l'air avec la totalité de la population masculine de Los Angeles.

Par rapport à moi, qui me suis sauté environ quatre-vingts pour cent de cette population et qui n'ai toujours pas trouvé un mec comme Damien, je pense qu'on peut dire sans risque de se tromper que Nikki a trouvé le dernier homme convenable.

Bon, peut-être pas le dernier, me corrigé-je au moment où mes yeux tombent sur Ryan Hunter qui descend le petit chemin serpentant de la maison de Malibu de Damien vers la plage où je me trouve maintenant. Ryan est le chef du service de sécurité de Stark International, et lui et moi avons été *de facto* l'hôte et l'hôtesse de cette soirée post-mariage depuis que les jeunes mariés se sont envolés en hélicoptère vers leur bonheur conjugal.

Ryan ne fait pas partie des quatre-vingts pour cent, et c'est vraiment regrettable. Cet homme est grave sexy, avec ses yeux bleus perçants et ses cheveux châtains, coupés court, presque une coupe militaire qui accentue les traits fermes et virils de son visage. Il est grand et svelte, mais fort et sexy. J'ai eu l'occasion de le voir maintenant aussi bien en jean qu'en smoking, et la seule vue de la courbe de ses fesses ferait venir l'eau à la bouche de n'importe quelle femme.

Nous avons peu à peu fait connaissance au cours de ces derniers mois et pour moi, c'est un ami. Franchement, j'aimerais pouvoir voir en lui plus que ça, et je crois qu'il pense comme moi, bien qu'il lui reste encore à faire le premier pas.

J'ai remarqué comment il me fixe, la chaleur qui flamboie dans ses yeux quand il croit que je ne le regarde pas. Peut-être est-il timide, mais j'en doute. Il a en lui un quelque chose de dangereux, qui convient parfaitement à son boulot comme responsable de la sécurité pour quelqu'un comme Damien et une entreprise comme Stark International.

Nikki m'a dit un jour que Ryan n'aimait rien

autant que d'aller à la chasse aux monstres. Je la crois, et pendant que je le regarde descendre le long du chemin, ses mouvements alliant grâce et puissance, je l'imagine aisément dans une bataille, et je suis sûre qu'il ferait tout pour remporter la victoire.

Non, je ne crois pas que Ryan Hunter soit timide. Tout ce que je sais, c'est qu'il n'a jamais fait un geste vers moi, et ça, c'est vraiment regrettable.

Et bien entendu, maintenant c'est trop tard. Demain, je prends la route pour rentrer chez moi au Texas, cela fait partie de mon nouveau but dans la vie, que je me suis récemment fixé afin de mettre de l'ordre dans mon bordel. Et dans le cadre de tout ce plan *Réparer ma vie*, j'ai mis le holà aux coucheries. Je me concentre sur Jamie Archer. J'essaie de savoir qui elle est et ce qu'elle veut, et le premier point de ce plan, c'est d'éviter de faire des cochonneries avec n'importe quel mec séduisant qui croise mon chemin.

Sérieusement, les hommes appartiennent au passé maintenant.

Jusque-là, le plan fonctionne. J'ai trouvé un locataire pour mon appart à Studio City il y a quelques mois ; après quoi, je suis rentrée vivre à nouveau chez mes parents à Dallas. C'est dur d'être une actrice de vingt-cinq ans à Los Angeles, surtout une actrice qui doit encore décrocher un rôle décent. Il y a tellement de jeunes minets qui sont plus mignons que moi – et qui le savent. Et beaucoup trop d'opportunités pour une rapide partie de jambes en l'air.

Le Texas est plus lent. Plus facile. Et même si on ne peut pas prétendre que ce soit la capitale mondiale du spectacle, j'ai déjà passé plusieurs essais, et je pense que je pourrais même avoir quelques chances de décrocher un job comme journaliste auprès de l'antenne d'une station locale. J'y ai passé un entretien juste avant de prendre l'avion pour venir ici pour le mariage, et j'espère avoir des nouvelles du directeur des programmes très prochainement.

Et, oui, j'avoue que j'ai aussi réalisé une audition pour une publicité ici en Californie du Sud, mais je n'ai pas eu le job. Je me dis que c'est tant mieux, car si j'avais été prise, je serais restée à Los Angeles, parce que j'aime Los Angeles et que mes amis sont ici. Mais dans ce cas, je me serais retrouvée dans le même cercle vicieux – auditions et baise – et tout ce processus destructif aurait recommencé de plus belle.

Tout en regardant l'équipe finir son travail, je me dis que le plan est bon. Le plan est sage.

Alors qu'une douzaine d'ouvriers traînent le dernier poteau de la tente vers un camion proche, le surveillant vient vers moi avec un bloc-notes et un stylo-bille. Il me fait parcourir la liste, et je coche dûment tous les différents points pour confirmer que les derniers détails ont été réglés.

Puis je signe le formulaire, je le remercie et le regarde monter dans le camion et s'éloigner.

— Donc, voilà qui est fait, dit Ryan en s'approchant.

Il est toujours en pantalon de smoking et chemise blanche amidonnée, mais sa large ceinture a disparu, tout comme sa veste. Il a l'air follement séduisant, mais ce sont ses pieds nus qui me font craquer. Un mec, pieds nus en smoking sur une plage, a quelque chose de foutrement désinvolte, et je ne peux pas ne pas me demander si Ryan Hunter n'a pas aussi quelque chose de diabolique en lui.

Et si oui, aurai-je un jour l'occasion d'entrevoir cette partie satanique ?

— Plus aucune voiture dans l'allée, continue-t-il alors que j'essaie de retourner dans le monde réel. Je viens de signer la facture pour la société de voituriers. Je pense que nous pouvons tranquillement dire que c'est emballé. Et que c'était une réussite. (Son sourire est lent et aisé, et incontestablement très séduisant.) C'était vraiment une sacrée fête.

J'éclate de rire.

— Je pensais justement la même chose.

Mon estomac fait quelques contorsions, et je me dis que c'est la faim. Tout bien réfléchi, le champagne ne nourrit pas tant que ça, et je suis sûre qu'avoir dansé toute la nuit a brûlé les trois parts de gâteau de mariage que j'ai dévorées.

Bien entendu, je me raconte encore des bobards. Ce n'est pas la faim qui réveille ces papillons dans mon estomac. C'est Ryan. Et comme je suis plantée là, espérant secrètement qu'il me touche enfin, l'irritation monte en moi. Car, putain de bordel, pourquoi ne m'a-t-il pas déjà touchée ? Nous avons passé pas mal de temps ensemble. Nous avons même dansé ensemble à l'occasion de plusieurs sorties en groupe avec des copains. Sans nous toucher, peut-être, mais quand même assez proches pour que l'air entre nous soit saturé de promesses.

Et une fois, alors qu'une alarme sécurité s'était déclenchée chez Damien, celui-ci avait envoyé Ryan voir comment j'allais. Je portais un minuscule bikini à peine dissimulé par un bout de tissu, et j'étais sérieusement canon. Mais il n'avait pas fait un geste. Nous avons fini par parler pendant des heures, ce qui était bien, je lui ai même fait des œufs, ce qui représente à peu près le summum de mes talents culinaires.

Je suis sûre de ne pas avoir imaginé cette vibration entre nous, pourtant, il n'a pas pris une seule fois l'initiative d'aller plus loin. Je n'arrive pas à comprendre pourquoi, et toute cette situation m'agace au plus haut point.

Sauf que je ne suis pas censée être agacée – Ryan ne joue aucun rôle dans mon plan.

Il se dirige vers la rive, et je lui emboîte le pas. Je m'étais débarrassée de mes chaussures dès que les ouvriers avaient démonté la piste de danse, car la plage s'accorde mal avec des talons de cinq centimètres, et sentir le sable sous mes pieds est fabuleux.

J'adore flâner sur la plage le matin. Il y a tant de choses à regarder – les mouettes furetant à la recherche de leur petit-déjeuner, les ondes se déversant en ourlet blanc mousseux sur le sable, les corps fermes et bronzés des surfeurs d'une vingtaine d'années attendant les vagues matinales. C'est comme un petit bout de paradis.

Et ce matin, Ryan apporte une valeur ajoutée au panorama. Il a retroussé ses manches, libérant ses avant-bras musclés, et quand il se penche pour ramasser un joli coquillage pourpre, je suis fascinée par ses mains. Elles sont grandes et fortes, mais à le voir tenir le coquillage, je ne puis m'empêcher de penser que ses mains sur moi seraient merveilleusement douces.

Je commence à accélérer le pas, car ma tête n'est pas vraiment supposée divaguer ainsi, mais il tend vers moi la main qui contient le coquillage.

— Un souvenir, déclare-t-il, et en dépit de son sourire désinvolte, il n'y a rien de désinvolte dans la flamme embrasant ses yeux.

Son regard brûle assez fort pour me traverser. Dans ma nuque, les racines de mes cheveux picotent, et pendant un bref instant, je ne suis plus certaine de savoir comment respirer.

— Je n'aimerais pas du tout que tu retournes au Texas et que tu oublies tout ce que tu as laissé derrière toi.

— Oh.

Ma voix s'est voilée, et je saisis le

coquillage, mes doigts effleurant sa paume. Je sens le choc du contact qui descend jusque dans mes orteils, et j'attends qu'il m'attire à lui. Qu'il me touche. Qu'il fasse n'importe quoi pour que je ne reste pas juste plantée là avec le feu au cul.

Il n'en fait rien – et l'aiguillon pointu de l'exaspération se creuse un chemin à travers le mur de concupiscence. Je ferme ma main sur le coquillage et m'efforce de lui décocher un sourire tout aussi désinvolte.

— Merci.

Par chance, ma voix a l'air normale, bien que je sois aussi franchement émue qu'incontestable- ment irritée. Émue parce que c'est un magnifique coquillage, et un geste très tendre. Irritée parce que maintenant, je reçois des signaux contradic- toires d'un mec super-sexy qui ne m'a toujours pas effleurée et auquel je ne devrais avoir aucune raison de m'intéresser.

Par contre, ma libido n'a pas encore reçu le message, car des milliers d'étincelles explosent en moi. À vrai dire, le feu s'était déjà déclaré dès ma première rencontre avec Ryan.

Du calme, ma fille.

J'inspire profondément et je récite ce qui

depuis le temps s'est transformé en mantra : *le plan. Le Texas. Tourner la page. Nouvelle Jamie.*

Je me remets en marche, car il m'a trop remuée pour que je puisse tenir en place.

— Vas-tu prendre l'avion aujourd'hui ? me demande-t-il en épousant le rythme de mes pas.

— Pas l'avion. La voiture.

Je le vois perplexe – Nikki avait été retenue dans une réunion et avait prié Ryan de venir me chercher à l'aéroport, il y a juste un peu plus d'une semaine. Encore une rencontre qui avait déclenché en moi un feu d'artifice – mais il ne m'avait pas frôlée une seule fois.

Franchement, il faut que je mette fin à cette analyse mentale, ça va me donner des complexes.

— Penses-tu faire un peu de lèche-vitrine chez les concessionnaires de voitures aujourd'hui ?

— Nikki et Damien m'ont offert une voiture pour mon anniversaire, bredouillé-je, car je suis encore un peu embarrassée par un cadeau aussi incroyable.

Non pas qu'il soit extravagant pour un type comme Damien. Aucun doute que pour lui, même l'Australie ne serait pas excessive.

— Bon anniversaire, dit Ryan, et l'inflexion

de sa voix me fait penser que lui-même serait un sacrément beau cadeau.

Surtout avec un gros ruban rouge noué juste au bon endroit.

Je me racle la gorge, refoulant cette idée.

— Bon. Ouais, en fait, ce n'est pas vraiment mon anniversaire. Ils avaient simplement pensé m'en faire cadeau parce que ma Corolla a connu des jours meilleurs. Et j'ai dit que je ne pouvais pas l'accepter, et Nikki a répondu...

Je me tais en haussant les épaules.

— C'est une bonne amie.

Maintenant, il marche dans le ressac, les vagues se brisant autour de ses pieds.

— Elle est froide ? lui demandé-je en indiquant ses pieds d'un geste de la tête.

— Un peu. (Il lève la tête, son regard m'enveloppe avant de rencontrer enfin le mien.) Mais je suis disposé à accepter toutes sortes de trucs pour obtenir quelque chose que je désire.

Ouahou.

— Je vois. (Je déglutis, puis je serre les poings pour éviter de me pencher vers lui, de l'attraper par le col et de l'embrasser.) Et alors, tu désires quoi ?

—Marcher sur la plage avec toi, évidemment.

Et ça y est. Ce *boum*, ce *déclic*. Il me prend par la main d'un geste léger et aisé. Apparemment amical, mais en fait c'est tellement plus.

Il est ardent, me dis-je. *Fort. Taciturne. Solide.* Le genre de mec qui sait ce qu'il veut et poursuit méthodiquement et implacablement son but.

Est-ce moi, son but ? Je frissonne légèrement et je me projette dans ma tête un petit bout de *Tant qu'il y aura des hommes*. Non que j'aie déjà vu le film, mais j'ai vu cette fameuse étreinte dans le ressac, et je suis plus que ravie de laisser mon imagination combler les lacunes.

— Tu ne rentres pas au Texas aujourd'hui, n'est-ce pas ? (Il m'observe de près, son regard aussi profond et intense que le Pacifique derrière nous.) Tu ne t'es pas couchée de la nuit. Tu ne devrais pas prendre de risques.

— Non, je ne rentre pas, dis-je, tout en imaginant les vagues qui se brisent sur moi et le corps de Ryan tout chaud au-dessus du mien. Je passe la nuit ici et je prends la route dès demain, à l'aube.

— Je suis bien content de te l'entendre dire. (Sa voix est soyeuse comme le whiskey, et je me demande si elle n'est pas en train de m'enivrer quelque peu.) Je me ferais du souci pour toi.

Je ne bouge pas, tout émue, et j'attends qu'il amorce un geste. Mais ce geste ne vient pas.

Je me dis que c'est là une bonne chose.

Et puis je me dis que je suis une foutue menteuse.

Ensuite, je me remémore *le* plan.

Mais vous savez quoi ? Merde au plan. Le plan, c'est pour le Texas, après tout. En fait, j'ai déjà décrété que tant qu'elle est en Californie, Jamie Archer est un désastre ambulant. Alors pourquoi ne pas être un désastre une dernière fois avec cet homme incroyablement sexy qui me fait vibrer ?

Sauf que cette option ne semble pas figurer au programme.

Car Ryan ne bouge toujours pas. J'envisage de faire moi-même le premier pas. Après tout, jamais je n'ai hésité à encourager un homme que je voulais dans mon lit. Pourtant, avec Ryan, on dirait que je ne suis pas capable de faire ce premier pas, c'est bizarre. Je me sens timide et gauche, alors que je ne le suis jamais.

Peut-être qu'il s'agit du mirage du plan. D'une culpabilité résiduelle. D'une justification préventive. Peut-être que mon subconscient me dit que s'il vient vers moi, alors un bon coup californien ne pose pas problème. Mais que moi je le relance, c'est totalement contraire aux règles.

Tout cela n'est qu'un tas de conneries alambiquées et tordues, mais je n'ai jamais prétendu que mon subconscient pratiquait la pensée linéaire.

Allez, fonce !

Bon sang, ça ne devrait pas être si difficile. Avoue, franchement. Quand j'ai décidé de me sauter Kevin en seconde du lycée, je l'ai acculé dans la buanderie, posé ma main sur son entre-jambe et je lui ai demandé s'il voulait baiser. Alors, pourquoi diable avec Ryan Hunter, serais-je comme une fillette de sixième à son premier béguin ?

Bon. D'accord. Je vais faire le grand saut...

Je m'éclaircis la voix.

— Alors, donc... dis-je, et je ne continue pas.

Je pense que c'est peut-être lui qui va reprendre.

Mais il n'en fait rien. Il se contente de me regarder, plein d'intérêt innocent et d'une curiosité tranquille. Son expression est neutre, et pourtant j'ai clairement l'impression qu'il s'amuse.

— C'est juste que je n'arrive pas à te déchif-
frer, me laissé-je échapper.

— Vraiment pas ?

— On a passé de bons moments ensemble,
non ? Et je t'ai vu me regarder. (Je passe ma
langue sur mes lèvres, je déteste me sentir aussi
énervée.) Et je sais que moi je t'ai regardé. Alors,
que se passe-t-il ?

— Il se passe quelque chose ?

Je penche un peu la tête et lui décoche mon
plus beau sourire séducteur.

—Tu ne m'as jamais fait une avance, dis-je
avec cette voix qui laisse clairement transparaître
que j'accueillerais très volontiers une telle initiative à ce moment précis.

— Non, admet-il. Je ne t'en ai jamais fait.

— Oh. (Mentalement, je fais machine
arrière. Ce n'était pas là la réponse que j'attendais.) D'accord. Alors, pourquoi pas ? Je ne t'in-
téresse pas ?

— Au contraire. J'ai peut-être supposé que toi
tu n'étais pas intéressée.

— Sérieusement ?

— Depuis un petit moment, je ne te perds
pas des yeux, Mademoiselle Archer. Et d'après
ce que j'ai vu, tu n'es nullement timide quand il

s'agit de faire des avances à un homme que tu veux.

Je perçois la passion rêche qui voile sa voix, mais j'ignore s'il est sérieux ou s'il se moque de moi. Je sais seulement que plus il me regarde avec ces yeux bleus indéchiffrables et plus il me parle avec cette voix sexy et musicale, plus je fonds, au point que j'ai peur de me dissoudre sur place et d'être emportée par la prochaine marée.

— Oh, m'exclamé-je bêtement.

Bon sang, je voudrais sentir ses mains sur moi. J'ai couché avec un tas de mecs, mais il me semble en ce moment que jamais je n'ai aussi désespérément aspiré à être touchée par un homme.

Je réfléchis au plan. J'évoque mon échappatoire.

Je pense au fait que cette échappatoire exige que ce soit lui qui fasse le premier pas.

Et puis, songé-je, *qu'est-ce qu'on s'en fout ! Vas-y, fonce !*

— D'accord, dis-je en réprimant cette maudite nervosité, puis je glisse ma main sous sa chemise et le serre contre moi.

Il a une odeur de musc et de désir et j'inspire profondément, laissant son parfum m'envahir, me réchauffer. Même pas quelques centimètres nous séparent, et l'air que nous respirons semble scintiller, chargé de passion.

Je presse mon autre main contre sa cuisse et dans une lente caresse, plus haut, plus haut, toujours plus haut, j'effleure la dure longueur de son érection. Mes cuisses tressautent, et mon sexe se contracte sous l'emprise du désir. Chaque parcelle de mon corps est à vif, comme si j'étais parcourue par un fil électrique, lançant des crépitements et des étincelles.

Nous sommes de la même taille, et je n'ai qu'à me hausser un petit peu sur la pointe des pieds pour réclamer sa bouche contre la mienne. Je ferme ma main sur le bronze de sa verge et je la sens tressauter à mon contact. Je l'entends geindre, et je n'en mouille que plus.

Ses mains ébouriffent mes cheveux, il m'attire à lui en m'embrassant plus profondément, en me baisant avec sa bouche, brutalement, me faisant mouiller, mouiller infiniment, et la seule chose que je voudrais, c'est glisser ma main dans son pantalon et le libérer, puis tomber sur le sable, remonter ma robe et hurler pendant qu'il me prend plus fort que je n'ai jamais été prise de toute ma vie.

Je reste pantelante quand il se retire. Je suis l'incarnation du désir, mes seins douloureusement impatients qu'il les touche, ma vulve pulsant d'envie. Je suis déchaînée, désespérée, et en voyant dans ses yeux le même désir sauvage, je sais que cette matinée sera incroyablement grisante.

— Bon, répété-je d'une voix étouffée et lourde d'envie. Là, c'est moi qui ai pris les devants.

— Et là, dit-il gentiment en s'éloignant d'un seul pas de moi. C'est moi qui dis non.

J. Kenner (alias Julie Kenner) est une auteure de best-sellers internationaux figurant aux classements des journaux *New York Times*, *USA Today*, *Publishers Weekly* et *Wall Street Journal*. Elle a écrit plus d'une centaine de romans, de romans courts et de nouvelles dans toutes sortes de genres littéraires.

Selon *Publishers Weekly*, JK est une auteure qui a un « don pour le dialogue et la création de personnages excentriques », et le *RT Bookclub* estime qu'elle a su « répondre aux besoins du marché en créant des antihéros scandaleusement attirants et dominateurs, et des femmes qui fondent pour eux. » Six fois finaliste de la prestigieuse récompense RITA (*Romance Writers of America*), JK a remporté son premier trophée RITA en 2014 pour son roman *Claim Me* (tome 2 de sa trilogie *Stark*) et le second en 2017 pour son roman *Wicked Dirty*. Elle a vendu des millions de livres, publiés dans plus de vingt langues.

Au cours de sa précédente carrière, JK a exercé comme avocate en Californie du Sud et au Texas. Elle vit actuellement dans le centre du Texas, avec son mari, ses deux filles et deux chats plutôt lunatiques.

Visitez son site web www.juliekenner.com pour en savoir plus et pour entrer en contact avec JK sur les réseaux sociaux !

www.jkenner.com